여행의 이유

김영하

복복서가

차례

추방과 멀미

1

2005년 12월의 어느 날. 나는 상하이 푸둥공항 티켓 카운터에서 서울로 가는 편도 항공권을 사고 있었다. 경험이 많은 여행자는 공항에서 항공권을, 더더군다나 편도는 사지 않는다. 터무니없이 비싸기 때문이다. 하지만 나로서는 선택의 여지가 없었다. 추방당하고 있었던 것이다.

"카드로 결제하실 건가요, 아니면 현금으로?"

엄중한 순간에 던져지는 이런 사소한 질문에 대해, 그 기묘한 효과에 대해, 직업적 호기심으로 생각해보곤 한다. 예를 들어 형장에 들어서는 사형수에게 계단으로 올라갈 건지, 엘리베이터로 올라갈 건지를 물을 수 있다. 인간은 질문을 받으면 답을 하도록 훈련되어 있다. 예정된 죽음이라는 절체절명의 순간에도 인간은 약간의 고심을 할 수 있고 눈앞에 닥쳐온 진짜 문제를 잠시 망각할 수 있다. 지갑에는 위안화 현금이 있었지만 나는 신용카드로 결제하기로 했다. 한 연구에 따르면 현금으로 결제하는 것은 뇌에서 고통을 느끼는 영역을 활성화시킨다고 한다. 아무리 자의로 주는 돈이라 해도 빼앗긴다는 느낌이 드는 것이리라. 신용카드는 내 지갑에서 나와 잠깐 상대방에게 건너가지만 곧 되돌아온다. 현금은 가면 돌아오지 않는다. 조삼모사가 분명하지만 꾸준히 진화 중인 뇌에게 너무 많은 것을 요구하지는 말기로 하자. 나는 신용카드를 건넸고, 한국으로 돌아가는 편도 항공권 결제가 되었고, 그러자 옆에 서 있는 공안 요원에게 뭔가 떳떳한 느낌이 들었고, 추방의 고통이 조금 덜어졌다. 신용카드를 소유하고 있고 문제없이 결제된다는 것은 모국에서의 내 신용이 멀쩡하며, 추방 같은 일을 당해서는 안 될 사람임을 입증하는 것 같았다. 그러거나 말거나, 공안 요원은 내 지

불 능력 따위에는 아무 관심도 없이 다음 절차를 이어갔다. 우리는 공안 요원 전용통로를 지나 형식적인 소지품 엑스레이 검사를 통과한 후 게이트에 도착했다. 그로부터 두 시간 정도를 말없이 게이트 앞 의자에 앉아 인천행 비행기가 탑승절차를 개시하기를 기다렸다.

푸둥공항을 이륙한 비행기는 동중국해 상공을 지나 어둠이 깔린 인천공항에 도착했다. 짐을 찾으며 아내에게 전화를 했다.

"어디야? 숙소에 도착한 거야?"

"아니, 여기 인천공항이야."

아내는 한동안 말이 없었다. 놀란 것도 당연했다. 아침에 출국한 남편이 저녁에 귀국한 것이다. 원래 계획은 한달 여정이었다.

"안 간 거야?"

"아니 가긴 했는데……"

"무슨 일 있어? 어디 아파?"

"아니, 그게 말이야. 나, 추방됐어."

그 무렵 나는 대학의 교수로 학생들을 가르치고 있었

다. 학기 중에는 소설이 통 써지질 않았다. 겨울방학을 맞아 본격적으로 작업을 해보리라 결심하고 적당한 곳을 알아보기 시작했다. 상하이 푸둥지구에서 관광객을 상대로 민박을 하는 한국인들이 있었다. 투자 목적으로 사들인 아파트를 마냥 놀리기는 뭐하니 관광객들에게 단기로 빌려주는 것 같았다. 삼시세끼 밥도 차려준다고 했다. 해주는 밥 먹으며 조용히 글 쓰다 오기에는 적당해 보였다. 심심하면 상하이 시내에도 놀러 나갈 수 있을 터였다. 집주인에게 이메일을 보냈더니 중국공상은행을 통해 숙박비 전액을 선불로 입금하면 예약이 완료된다는 답변을 받았다. 집은 신축이라 깨끗했고 내가 쓸 방은 화장실이 따로 딸린 안방으로 전망 좋은 발코니도 붙어 있다고 했다. 사진으로 봐도 아주 근사했다. 나는 한 달 숙박비와 식비 전액을 위안화로 환전해 송금했다. 필요한 자료들을 챙기고 무료할 때 읽을 책들도 골라놓았다. 겨울인데다 장기여행이어서 짐의 부피가 작지 않았다. 나는 그 짐들을 모두 끌고 만 하루도 안 돼 집으로 돌아온 것이었다.

추방, 이라는 얘기를 들었을 때 아내는 내가 쓰고 있던 소설의 내용 때문일 거라고 짐작했던 것 같다. 남파된 후 북으로부터 잊혀져 혼자 살아남아야 했던 간첩의 이야기를 쓰고 있었던 것이다. 후에 『빛의 제국』이라는 제목으로 출간된 이 소설은 남한과 북한을 모두 경험한 주인공의 입을 통해 두 체제 모두에 비판적인 시각을 드러내는데, 북한 관련 이슈에 민감한 중국 당국이 나의 입국을 막았을 개연성이 있다고 본 것이다. 그런 추측이 터무니없지도 않은 것이 『빛의 제국』은 그후 미국과 프랑스, 독일, 일본 등 여러 나라에서 번역되었지만 유독 중국에서만은 당국의 검열 때문에 출판이 어렵다는 현지 출판사들의 전언이 있었다(이제는 나와 있다).

그러나 내가 푸둥공항에서 추방당한 것은 그런 동북아시아의 미묘한 국제 정세 때문이 아니었다. 국경을 넘는 여행자가 해야 할 너무도 기본적인 준비를 하지 않았기 때문이었다. 입국심사대에 줄을 서서 주변을 살펴보니 같은 비행기에서 내린 다른 한국인들은 모두 여권과 함께 흰 종이를 한 장씩 손에 들고 있었다. 예감이 좋지 않았다.

"실례지만 그 하얀 종이는 뭔가요?"

"이거요? 비자인데요."

"아니, 중국도 비자가 필요해요?"

"필요할걸요? 저희는 단체로 다 받았어요."

"중국하고 우리나라가 교류가 얼마나 많은데 비자가 필요해요?"

"그러게요. 근데 필요한 것 같더라고요."

주변을 둘러보니 겨울잠에서 방금 깨어난 곰처럼 생긴, 푸근하고 나른한 인상의 공안 요원이 보였다. 나는 줄에서 벗어나 그에게 다가갔다. 중국어는 전혀 모르니 영어로 물었다.

"한국 국민인데요. 비자 필요한가요?"

그는 부드러운 미소를 지으며 자기를 따라오라고 손짓했다. 나는 현지 공항에서 바로 도착 비자를 발급해주던 동남아 관광지들을 떠올렸다. 앞장서 걸어가는 그에게 물었다.

"여기서 비자 바로 발급받을 수 있죠?"

그는 연신 고개를 끄덕이며 사람 좋게 웃었다. 그를 따라 창이 없는 긴 복도를 한참 걸었다. 손에 손에 보온병을 든 공안 요원들이 그와 인사를 하고 지나갔다. 나는 제복을 입은 요원들로 북적이는 사무실 한구석으로 안내돼 자리에 앉았다. 중국차 향기와 오래 환기하지 않은 지하실에서 나는 퀴퀴한 냄새가 한데 뒤섞여 있었다. 그는 내 여권을 달라고 하더니 꼼꼼하게 살펴보고 복사를 했다. 그러더니 서류 한 장과 볼펜을 내밀며 서명을 하라고 했다. 서류는 중국어 간체로 쓰여 있었다. 내가 서명을 하자 그는 환하게 웃으며 그 서류를 가져갔다. 그는 내가 무슨 질문을 할 때마다 예의 그 밝은 미소를 지으며 하오, 하오를 반복했다. 그런 우호적인 분위기로 미루어볼 때, 금방이라도 도착 비자가 나올 것 같았다. 다만, 모든 비자에는 수수료가 있을 텐데 왜 돈을 달라는 얘기를 전혀 하지 않는지가 조금 꺼림칙했다. 그는 서류를 왼손에 든 채 나를 데리고 다시 어디론가 움직였다. 입국심사대로 돌아가겠거니 했지만 그와 함께 나온 곳은 출국장이었다. 그는 나를 동방항공의 티켓 데스크로 데려갔다. 그제야 상황을 파악한 나는 곰 아저씨 공안에게 이게 무슨 상황이냐고 물었다. 그는 내가 서명한 서류의 한 부분을 손가락으로 짚었다. 간체로 쓰여 있기는 했지만 자세히 보니 해독 가능한 한자들이 더러 있었다. 내가 중화인민공화국 법률을 위반하였음을 인정하고 즉각적인 추방에 동의한다는 내용 같았다. 곰 아저씨 공안이 그토록 표정이 밝았던 것은 내가 아무 말썽도 부리지 않고 선선히 중국 영토에서 떠날 것에 동의하고 서명까지 했기 때문이었다. 그제야 나는 비싼 편도 항공권 값이라도 줄여볼 요량으로 아직 쓰지 않은 인천행 항공권으로 추방되면 안 되겠냐고 물었지만, 그 비행기는 이미 떠났단다. 그럼 공항에서 하루 자고 내일 그걸 타고 돌아가면 안 되냐고 다시 묻자 그는 단호히 고개를 저으며, 추방은 가장 빠른 교통편을 이용해 중국 영토를 떠나야 하는 거라고, 나도 이미 동의했다며 내가 서명한 문서를 들이밀었다. 내 짐은 자기들이 찾아서 그 비행기에 실을 테니 걱정하지 말라고 했다.

　게이트에 도착한 우리는 그후로 아무 대화도 나누지 않았다. 이런 일을 겪은 사람이 흔치는 않겠지만, 겪어본 사람으로서 말하자면, 의외로 최악의 기분은 아니었다. 여행은 아무 소득 없이 하루 만에 끝나고, 한 번 더 중국을 왕복하고도 남을 항공권 값을 추가로 지불했으며, 선불로 송금해버린 숙박비와 식비는 아마도 날리게 될 것이 뻔했지만(실제로 환불은 못 받았다), 난생처음으로 추방자가 되어 대합실에 앉아 있는 것은 매우 진귀한 경험인 만큼, 소설가인 나로서는 언젠가 이 이야기를 쓰게 될 것임을 예감하고 있었다.

그런 의미에서 작가의 여행에 치밀한 계획은 필요하지 않을지도 모른다. 여행이 너무 순조로우면 나중에 쓸 게 없기 때문이다. 그래서 나는 어느 나라를 가든 식당에서 메뉴를 고를 때 너무 고심하지 않는 편이다. 운 좋게 맛있으면 맛있어서 좋고, 대실패를 하면 글로 쓰면 된다. 그런데 그렇게 대충 아무거나 시켜버리는 내 버릇 때문에 피해를 보는 동행들도 없지 않았다. 한번은 동료 작가들과 함께 폴란드에서 열리는 문학 행사에 갔다. 바르샤바 주재 한국 대사가 초대한 저녁식사 자리에서 나는 언제나처럼 단박에 메뉴를 정하고 메뉴판을 덮었다. 몇 명의 동료가 내가 시킨 메뉴를 따라 시켰고 나는 말렸다. 나 역시 폴란드는 처음이며, 요리도 전혀 모른다고 말했다. 그럼에도 끝내 생각을 바꾸지 않고 최초의 선택을 고집한 분들이 계셨고, 나와 그분들 모두 정체를 알 수 없는 문제의 요리를 절반 이상 남긴 채로 식사를 마쳐야만 했다.

물론 그런 모험은 사양하고 안전하게 배를 채우고 싶을 때도 있다. 말도 잘 안 통하는 나라에서 닭 볏(프랑스나 이탈리아)이나 타란툴라 거미 튀김(캄보디아), 박쥐 수프(인도네시아) 같은 메뉴를 피하려면 이렇게 한다. 메뉴판의 공간은 한정돼 있으므로 거기 올리는 메뉴를 대충 정하는 식당은 없을 것으로 가정한다. 오래 영업한, 제대로 된 식당이라면 대체로 세계 공통의 법칙을 따를 것이다. 식당 주인이나 셰프는 우선 애피타이저, 메인, 디저트 이런 항목들로 분류를 했을 것이고, 각 분류마다 네다섯 개 정도의 메뉴를 선정한다. 한번 인쇄하면 바꾸기 어려우니 신중하게 선택했을 것이다. 맨 위에는 셰프가 가장 자신 있으면서 손님들의 반응이 좋았던 요리를 넣는다. 아래로 내려갈수록 함부로 시키기 어려운, 담대함이 요구되는 요리들이 등장한다. 비둘기 고기(이집트)나 잉어 부레(중국)

같은 식재료로 만든 이색 요리를 원한다면 맨 아래에서부터 봐야 하고, 닭가슴살이나 쇠고기 등심 같은 무난한 요리를 원한다면 위에서부터 봐야 한다. 셰프들이 굳이 이런 도전적인 요리들을 메뉴에 포함시키는 이유는 다양한 손님들의 기호를 만족시키려는 목적도 있지만, 다른 식당과 차별화되는 자기만의 독특한 개성과 실력을 보여주고 싶기 때문일 것이다. 클래식 연주자들이 비발디의 〈사계〉나 쇼팽의 〈야상곡〉 같은 대중적인 곡들로만 레퍼토리를 짤 수도 있지만 그렇게 하지 않는 것처럼 말이다.

그러니 음식 주문에서 실패를 줄이고 싶다면 모든 분류의 가장 위에서부터 고르면 되고, 재료로는 닭을 선택하는 것이 안전하다. 겉에 뭐가 발라져 있든, 무엇에 재웠든, 속에는 우리가 아는 그 닭고기가 있다. 그러나 자기 여행을 소재로 뭔가를 쓰고 싶다면 밑에서부터 주문해보는 게 좋을 것이다. 때론 동행 중에서 따라 시키는 사람이 생기고, 그 인상적인 실패 경험에 대해 두고두고 이야기하게 될 것이고 누군가는 그걸 글로 쓸 것이다. 대부분의 여행기는 작가가 겪는 이런저런 실패담으로 구성되어 있다.

계획한 모든 것을 완벽하게 성취하고 오는 그런 여행기가 있다면 아마 나는 읽지 않을 것이다. 무엇보다 재미가 없을 것이다.

2

그렇다면 여행기란 본질적으로 무엇일까? 그것은 여행의 성공이라는 목적을 향해 집을 떠난 주인공이 이런저런 시련을 겪다가 원래 성취하고자 했던 것과 다른 어떤 것을 얻어서 출발점으로 돌아오는 것이다. 마르코 폴로는 중국과 무역을 해서 큰돈을 벌겠다는 목표를 가지고 여행을 떠났지만 이 세계가 자신이 생각해왔던 것과 전혀 다르다는 것, 세상에는 다양한 인간과 짐승, 문화와 제도가 존재한다는 것을 깨닫고 돌아와 그것을 『동방견문록』으로 남겼다.

여행담은 인류의 가장 오래된 이야기 형식이기도 하다. 주인공은 늘 어딘가 먼 곳으로 떠난다. 로널드 B. 토비아

여행의 이유

스는 『인간의 마음을 사로잡는 스무 가지 플롯』에서 '추구의 플롯'을 세상에서 가장 오래된 플롯이라고 소개한다. 주인공이 뭔가 간절히 원하는 것을 찾아 떠나는 이야기들로, 탐색의 대상은 대체 주인공의 인생 전부를 걸 만한 것이어야 한다.

　메소포타미아에서 발굴된 『길가메시 서사시』의 주인공 길가메시는 죽지 않는 비결을 찾아 헤맨다. 그보다는 덜 오래된 이야기에서 오디세우스가 트로이전쟁을 끝내고 아내와 자식이 있는 고향으로 향한다. 주인공들은 험난한 시련을 겪으면서도 포기하지 않는다. 그런데 추구의 플롯의 흥미로운 점은 이야기의 결말이다. 결말에 이르러 주인공은 원래 찾으려던 것과 전혀 다른 것을 얻는다. 대체로 그것은 깨달음이다. 길가메시는 '불사의 비법' 대신 '죽음을 피할 수 없다'는 통찰에 이른다. 오디세우스는 집으로 귀환한다는 애초의 목적은 달성했지만 그 긴 여정을 통해 그가 진짜로 얻게 된 것은 신으로 표상되는 세계는 인간의 안위 따위에는 무심하다는 것, 제아무리 영웅이라 하더라도 한낱 인간에 불과하며, 인간의 삶은 매우 연약

한 기반 위에 위태롭게 존재한다는 것, 환각과 미망으로 얻은 쾌락은 진정한 행복이 아니라는 것 등을 깨닫게 된다. 이 과정에서 오디세우스는 처음 길을 떠날 때와는 전혀 다른 존재가 되어 고향인 이타케에 도착한다.

영화 〈스탠바이, 웬디〉의 주인공 웬디는 자폐증으로 바깥세상과의 소통에 큰 어려움을 겪는 소녀다. 주인공은 〈스타트렉〉 시리즈의 열렬한 팬이기도 한데, 〈스타트렉〉 시나리오 공모에 당선되면 그 상금으로 다시 가족에게 돌아갈 수 있다는 것을 알게 되고, 그래서 시나리오를 쓰게 된다. 그런데 갑자기 어떤 일에 휘말리게 되는 바람에 원고를 우편으로 보내서는 정해진 날짜에 스튜디오에 배달되지 못한다는 것을 알게 된다. 그녀는 버스를 타고 난생처음으로 자기가 사는 동네를 떠나 로스앤젤레스까지 가기로 마음을 먹는다. 불친절한 버스 기사와 도둑을 만나고 교통사고를 당하는 등 시련이 잇따른다. 전형적인 '추구의 플롯'답게 주인공 웬디는 원래의 목적이었던 시나리오 공모 당선은 이루지 못한다. 대신 그 과정을 통해 스스로에게 부과했던 한계를 돌파해 세상으로 나아가는 소중한 경험을 하게 된다. 관객은 그녀가 꿈을 이루지 못했는데도 기뻐한다. 왜냐하면 영화를 보는 동안 관객은 그녀가 추구하는 표면적 목표(시나리오 공모 당선)의 밑바탕에 진짜 목표(가족에게 받아들여지고 사회로 나아가는 것)가 있다는 것을 알게 된다. 그래서 주인공조차 의식하지 못하는 그 목표가 달성되었을 때 마치 자기 일처럼 흐뭇해하게 된다.

이처럼 '추구의 플롯'으로 구축된 이야기들에는 대부분 두 가지 층위의 목표가 있다. 주인공이 드러내놓고 추구하는 것(외면적 목표)과 주인공 자신도 잘 모르는 채 추구하는 것(내면적 목표), 이렇게 나눌 수 있다. '추구의 플롯'에 따라 잘 쓰인 이야기는 주인공이 외면적으로 추구하는 목표가 아니라 내면적으로 간절히 원하던 것을 달성하도록 하고, 그런 이야기가 관객에게도 깊은 만족감을 준다.

'추구의 플롯'으로 분류할 수 있는 이야기들이 대체로 주인공의 여정을 다루고 있다는 것은 거꾸로 여행기가 '추구의 플롯'으로 쓰일 수 있고, 쓰여야 할지도 모른다는 것을 암시한다. 우리는 명확한, 외면적인 목표를 가지고 여행을 떠난다. 이런 목표는 주변 사람 누구에게나 쉽게 말할 수 있는 것들이다. 하와이에 가서 서핑을 배우겠다, 치앙마이에서 트레킹을 하겠다, 이번 여름휴가에는 인도에 가서 요가 클래스에 참가하겠다, 유럽 전역을 떠돌며 미술관을 둘러보겠다 같은 것들. 이런 목표를 이루기 위해 우리는 열심히 준비한다. 여행지에 관한 정보를 알아보고, 숙소를 예약하고, 이동수단을 검토한다. '추구의 플롯'에서는 주인공이 결말에 이르러 '뜻밖의 사실'을 알게되고, 그것을 통해 깨달음을 얻는다고 하지만, 여행을 준비하는 단계에서 '뜻밖의 사실'이나 예상치 못한 실패, 좌절, 엉뚱한 결과를 의도하는 사람은 거의 없을 것이다. 우리는 모두 정해진 일정이 무사히 진행되기를 바라며, 안전하게 귀환하기를 원한다. 적어도 표면적으로는 그렇다. 그러나 우리의 내면에는 우리가 미처 깨닫지 못하는 강력한 바람이 있다. 여행을 통해 '뜻밖의 사실'을 알게 되고, 자신과 세계에 대한 놀라운 깨달음을 얻게 되는 것, 그런 마법적 순간을 경험하는 것, 바로 그것이다. 그러나 이런 바람은 그야말로 '뜻밖'이어야 가능한 것이기 때문에 애초에 그걸 원한다는 것은 불가능하다. 뒤통수를 얻어맞는 것 같은 각성은 대체로 예상치 못한 순간에 찾아온다.

독자들이 '추구의 플롯'을 따르는 소설이나 영화, 여행기를 그토록 오랫동안 사랑해왔던 것은 그들이 자신의 인생을 바로 그 플롯에 따라 사고하기 때문일 것이다. 우리 인생에도 언제나 외면적인 목표들이 있었다. 대학에 입학하기, 좋은 상대를 만나 결혼하고 가정을 꾸리기, 번듯한 집 한 채를 소유하기, 자식을 잘 키워 좋은 대학에 보내기 같은 것들. 그런데 이런 외면적 목표를 모두 달성하는 사람은 거의 없을 것이다. 인간은 언제나 자기 능력보다 더 높이 희망하며, 희망했던 것보다 못한 성취에도 어느 정도는 만족하며, 그 어떤 결과에서도 결국 뭔가를 배우는 존재다.

미국의 한 학자는 마이너리그 야구 선수들을 연구했다. 야구를 시작하면서 '나는 커서 마이너리그 선수가 될 거야'라고 생각했던 아이는 없었을 것이다. 모두의 꿈은 메이저리거, 메이저리거 중에서도 화려한 성적을 내고 어마어마한 연봉을 받는 스타 플레이어였을 것이다. 베이스볼

큐브닷컴에 따르면 2000년부터 2011년까지 신인 드래프트 결과를 살펴보면 프로 구단에 드래프트된 전체 아마추어 선수는 17,925명이었지만 메이저리그에서 한 번이라도 뛴 선수는 1,326명에 그쳤다. 이는 약 7.4퍼센트에 불과하다. 마이너리거로 선수 생활을 마감한 사람들은 거의 대부분 원래 추구하던 것과 다른 것을 얻었다. 그러나 그들이 모두 불행했을 리는 없다. 그들은 크게 성공하지는 못했지만 자기 인생을 살아냈다. 경기에 출전해 최선을 다했고, 사랑하는 파트너를 만나 가정을 꾸렸고, 은퇴한 후에는 코치가 되어 후진을 양성하거나 다른 일을 찾았을 것이다. 그리고 그 과정에서 원래 얻으려던 것('메이저리거 되기')보다 더 소중한 교훈들을 얻었(거나 최소한 얻었다고 믿었)을 것이다. 어쨌든 살아남지 않았는가? 그리고 사랑하는 가족이 옆에 있고, 남 보기에는 보잘것없을지언정 평생을 들여 이룬 작은 성취가 있다. 인생과 여행은 그래서 신비롭다. 설령 우리가 원하던 것을 얻지 못하고, 예상치 못한 실패와 시련, 좌절을 겪는다 해도, 우리가 그 안에서 얼마든지 기쁨을 찾아내고 행복을 누리며 깊은 깨달음을 얻기 때문이다.

중화인민공화국에서 자발적(?)으로 추방되던 그 순간, 오랫동안 세운 계획이 완전히 어그러진 그때에 나는 어떤 깨달음을 얻었을까? 사실 그때 당장 뭔가를 깨닫고 어쩌고 하지는 않았던 것 같다. 그저, 주변 사람들에게 상하이에 가서 소설을 쓸 거라고 큰소리를 쳤는데, 이렇게 허망하게 돌아가서 뭐라고 말한다? 상하이에서 완성하기로 했던 소설은 이제 어찌할 것인가? 이런 걱정들에 사로잡혀 있었을 뿐이다.

짐을 찾아 집으로 돌아가니 밤이 이미 이슥했다. 왠지 택시를 타기는 미안해 공항버스를 탔다. 아내는 아침에 출국한 남편이 추방을 당해 밤에 돌아오는 초유의 사태를 당하자 잠시 평정심을 잃었다. 나는, 비자 받아 다시 가면 된다, 중국 비자 금방 나온다더라며 설득했지만 아내는 그러지 말라고 했다. 자기를 추방한 나라에 왜 다시 가? 이참에 그냥 집에 틀어박혀 아무데도 나가지 말고 소설에만 집중하라고 했다. 그러면 상하이에 간 거나 진배없다고 했다. 추방당하고 돌아왔다고 동네방네 떠들지도 말라고 다짐을 두었다. 나는 시킨 대로 했다. 두문불출하고 글만 쓰고 있자니 소설은 의외로 쭉쭉 진도가 나가기 시작했다. 그러다보니 상하이에서 당한 추방이 그렇게까지 끔찍한 일은 아니었다는 생각도 들었다. 다만 순서가 살짝 바뀌었을 뿐 아닌가? 원래 계획은 출국-상하이 체류-집필-귀국이었는데, 그게 출국-(극단적으로 짧기는 했지만) 상하이 체류-귀국-집필로 바뀐 것뿐이지 않을까? 결과만 보면 그렇게 봐도 상관이 없을 정도였다. 겨울방학이 끝날 무렵에는 끝을 향해 달려가고 있었다. 장편소설이라는 게 한 번 탄력을 받으면 작가를 완전히 다른 세상으로 끌고 들어간다. 그렇기 때문에 작가가 정말로 집필에 전념한다면 그가 실제로 어디에서 쓰고 있는가는 거의 중요치 않으며, 때로는 아예 잊어버리게 된다. 나는 주인공 김기영을 따라 때로는 평양의 거리, 서울 낙원상가와 코엑스 지하를 헤매느라 상하이 푸둥지구에 있는지 서울의 내 집 골방에 있는지 헷갈릴 정도였다.

한 달간의 '내 방 여행'에서 돌아온 어느 날, 한겨울의 한강변으로 나가 걸었다. 마치 오랜 외국 여행에서 갓 귀국한 사람처럼 서울의 모든 것이 낯설게 보였다. 한 선배 작가는 장편 출간에 즈음하여 가진 한 인터뷰에서 소설을 탈고하고 밖으로 나오니 자기만 겨울옷을 입고 있더라는 말을 했다. 매일 출근을 하는 직장인이라면 믿기 어렵겠지만 나는 그게 무슨 말인지 안다. 작가는 대체로 다른 직업보다는 여행을 자주 다니는 편이지만, 우리들의 정신에 가장 큰 영향을 미치는 것은 자신이 창조한 세계로 다녀오는 여행이다. 그 토끼굴 속으로 뛰어들면 시간이 다르게 흐르며, 주인공의 운명을 뒤흔드는 격심한 시련과 갈등이 전개되고 있어 현실의 여행지보다 훨씬 드라마틱하다.

3

여행을 통해 뭔가 소중한 것을 얻어 돌아와야 한다는 관념은 세상의 거의 모든 문화에서 발견된다. 20세기 후반을 지나며 많이 간단해졌지만 그전까지 여행은 언제나 시간과 비용이 많이 드는 일생일대의 고역이었다. 영어 'travel'이 '여행'이라는 의미로 처음 사용된 것은 14세기 무렵으로, 고대 프랑스 단어인 'travail'에서 파생한 것으로 추정하고 있다. 이 단어에는 현대의 우리가 '여행' 하면 떠올리는 즐거움과 해방감이 거의 들어 있지 않다. 노동과 수고, 고통 같은 의미들이 남겨 있을 뿐이다. 현대 영어에서는 아직도 'travail'이라는 단어를 그대로 사용하는데, 이 단어의 의미는 고생, 고역 등이며 'in travail'이라고 하면 '산고로 몸부림치다' 같은 의미가 된다. 자기가 태어난 곳에 머물지 못하고 타향을 헤매는 것을 동서양을 막론하고 불행한 운명으로 여겼다. 우리나라에서도 점을 쳐서 '객사'라든가 '역마살'이 나오면 불길하게 생각했다. 서양에서도 크게 다르지 않아 20세기 이전까지는 재미로 먼 여행을 떠나는 사람은 쉽게 상상하지 못했다. 멀리 떠나는 자는 삶의 터전을 빼앗겼거나, 공동체로부터 추방당한 경우가 대부분이었다. 종교적 열정으로 떠나는 순례도 있었지만 험난하고 고생스러웠다. 많은 순례자들이 강도의 습격이나 질병으로 길에서 목숨을 잃곤 했다. 그러므로 이토록 힘들고 위험한 여정을 떠날 때에는 그에 상응하는 보상이 있어야 마땅했다. 순례자는 신을 만나고, 동방박사는 구세주의 탄생을 목도하고, 길가메시는 영생의 비밀을 알아야 하고, 작가는 기가 막힌 글감을 얻어야 하는 것이다.

나의 부모가 처음으로 해외여행을 떠난 것은 1996년이었다. 그때는 아직 결혼 전이어서 집에서 부모와 함께 살고 있었는데, 소설가가 되겠다며 몇 년 동안 공짜밥을 얻어먹고 있었던 터였다. 문학상에 당선되어 상금을 받자마자 부모에게 유럽 여행을 다녀오라고, 돈은 내가 다 내겠다고 큰소리를 쳤다. 아버지는 내가 세상에 나오기 직전에 베트남에 파병된 일이 있기는 했지만 그걸 제외한다면 사실상 최초라 할 수 있었고 어머니는 그야말로 처음이었다.

십오 일간의 유럽 여행을 다녀온 아버지는 자랑스럽게 공책을 내밀었다.

"봐라. 다 적어 왔다."

여행 중에 가이드가 하는 온갖 얘기를 빠짐없이 적어

온 것이다. 내가 준 돈을 허투루 쓰지 않았다는 것을 보여 주기라도 하듯이. 하지만 내가 아버지와 어머니에게 기대 한 것은 그런 것이 전혀 아니었다. 나는 부모에게 빌붙어 살아왔던 몇 년간의 생활이 공식적으로 끝났음을, 이제 는 부모에게 기대지 않고 살 수 있게 되었음을 알리고 싶 었다. 내가 원했던 것은 부모가 그저 나를 자랑스러워하 는 것이었다. 아들이 작가가 되기를 바라지도 않았고, 될 거라고 생각도 안 했던 부모에게 내가 (부모를 유럽에 보낼 수 있을 정도로) 보란듯이 작가가 되었다는 것, 글을 팔아 제 앞가림을 하기 시작했다는 것을 확실히 보여주고 싶 던 것이다. 하지만 아버지의 '숙제 공책' 덕분에 나는 오 히려 아버지의 노력을 인정해주어야 하는 아버지의 아버 지가 되어버렸다. 평생을 검소하게 살아온 아버지는 그렇 게 큰돈을 쓴 여행이라면, 그냥 먹고 놀고 해서는 안 된다 고 생각했을 것이다. 그렇다면 뭘 해야 할까? 아버지는 여 행은 배움이어야 한다는 인류의 오랜 믿음을 따랐다. 그 믿음에 따라 여행 내내 펜을 놓지 않고 열심히 필기를 했 을 것이다. 여행 안내서마다 나오는 뻔한 내용이 거의 대부분이었고, 가끔은 글로 차마 옮길 수 없는 민망한 농지거리도 적혀 있었다.

그것은 아버지의 처음이자 마지막 유럽 여행이 되었다. 그럴 줄 알았더라면 필기 따위 하지 않고 좀더 느긋하게 즐겼을까? 아마 알았더라도 그러지 못했을 것이다. 아버지의 그런 꽉 막힌 성격은 당시로서는 보편적인 여행자의 태도이기도 했다. 그 세대 한국인에게 유럽 여행은 진귀한 경험이었다. 그 무렵의 나야 이미 유럽으로 두 번의 긴 배낭여행을 다녀온 뒤였기 때문에 아버지의 그런 모습이 고루하고 답답하게 느껴졌지만 돌이켜보면 나 역시 첫 해외여행에서는 아버지와 그리 다르지 않았다.

나의 생애 첫 해외여행은 중국이었다. 모두가 진로를 모색하던 4학년 2학기까지 나는 학생회에서 일하고 있었다. 11월이 되어 새로운 집행부가 선출되면서 일선에서 물러나 한가로운 시간을 보내고 있던 겨울방학의 초입에 학생처 직원이 전화를 걸어왔다. 당시는 학생회의 힘이 대단해서 학생처는 그저 커다란 말썽 없이, 즉, 운동권들이 총장실을 점거한다거나 하는 사건 없이 하루하루가 무탈하게 지나가기만을 바랄 때였다. 나는 가끔 학생처 문을 발로 차고 들어가 소리를 지르곤 했는데, 그때마다 바로 튀어나와 나를 진정시키고 사태를 해결하는 게 그의 역할이었다. 예를 들어 학생회 간부들에게 지급되는 장학금이 있었는데, 그 장학금 대상이나 액수가 줄어든다거나 할 때가 있었다. 그 장학금은 개인에게 가는 것이 아니라 학생회나 운동 정파 내부의 비자금으로 쓰였다. 공식 예산으로 근거를 남기면서 할 수 없는 일들이 있었다. 우리는 그 장학금으로 문건도 인쇄하고 수배자의 도피 자금도 제공하고 전단지도 만들어 뿌렸다. 그런 돈을 줄인다는 것은 바로 학생운동에 대한 탄압이다, 라고 우리는 생각했고 그럴 때가 바로 내가 학생처 문을 손으로 여는 대신 발로 차고 들어가야 할 적절한 타이밍이었다.

그는 대뜸 중국에 가지 않겠냐고 물었다. 학생처 직원이 '중국'이라고 말했는지 '중공'이라고 말했는지는 잘 기억이 나지 않는다. 나중에 우연히 발견한 어머니의 가계부에는 '영하 중공 여행'이라는 표현이 등장한다. 어머니뿐 아니라 대부분의 한국인들은 한반도의 서쪽에 있는 그 거대한 나라를 중국이 아니라 중공이라고 불렀다. 중국이든 중공이든 간에 그의 요지는, 대학생들에게 사회주의 국가의 현실을 알려주자는 취지로 재벌 기업들이 돈을 모아 소련과 중국으로 단체여행을 보내주기로 했고, 자신이 나를 추천했다는 것이었다.

천안문 사태가 무력으로 진압된 지 불과 반년밖에 되지 않았을 때였고, 베를린장벽이 붕괴된 때로부터는 불과 한 달 남짓밖에 지나지 않았을 때였다. 사회주의 중국은 평화로운 시위대를 학살했고, 소비에트와 동구권은 급속도로 붕괴하고 있었다. 반면 1988년의 서울올림픽이 성공적으로 끝나고 연간 GDP 성장률이 십 퍼센트를 넘나들면서 남한 자본주의는 자신감에 차 있었다. '독점재벌 해체하라'고 거침없이 외치던 학생들에게 윤리적 선택의 순간이 다가온 것이었다. 그 독점재벌의 돈으로 은밀히, 때로는 공개적으로 숭배하던 사회주의 국가의 현실을 보러 갈 것인가. 하지만 내가 알기로 그 제의를 거절한 운동권은 거의 없었다. 아직 해외여행이 자유화되어 있지 않던 시대에, 특히 해외 도피의 가능성이 있는 군 미필자들에게, 이런 기회는 정말 흔치 않았다. 당시의 운동권들은 마오쩌둥의 어록이라든가 그와 홍군의 대장정을 기록한 에드거 스노의 『중국의 붉은 별』 같은 책을 읽으며 사회주의 중국에 커다란 환상을 품고 있었다. 동시에 소련의 국정교과서라 할 수 있는 『세계철학사』로 마르크시즘을 배우고, 차르 체제를 붕괴시킨 러시아혁명사에서 군사독재 타도의 희망을 보기도 했다. 두 나라의 혁명을 다룬 책을 여럿 읽었지만 거기에 실제로 갈 수 있을 거라 생각한 사람은 아무도 없었다. 두 나라 모두 우리와 지리적으로는 인접해 있었지만 심리적으로는 북한만큼이나 멀었고, 실제의 장소라기보다는 『걸리버 여행기』의 릴리퍼트 같은 상상의 나라에 더 가까웠다. 그런데 갑자기 선택의 기로에 서게 된 것이었다. 심지어 여행비도 필요 없었다. 공짜 여행이었던 것이다.

그때 처음으로 여권을 만들었다. 한 번만 쓰고 버리는 단수여권인데도 그나마도 받기가 매우 어려웠다. 지금으로서는 믿기 어렵지만 1987년까지는 50세 이상만 관광용 단수여권을 발급받을 수 있었다. 이후 40세, 30세로 연

여행의 이유

령이 낮아지다가 1989년에 이르러서야 연령제한이 폐지되었다. 1989년까지는 일가족의 여권 신청도 제한을 받았는데, '해외 도피 우려'가 그 이유였다. 나는 군 미필자여서 아버지 친구 중의 한 분이 신원 보증을 서야만 했다. 만약 내가 귀국하여 입대하지 않으면 그분이 엄청난 벌금을 물게 된다고 했다. 소양 교육이라는 것도 이수해야 했다. 한국자유총연맹의 전신인 한국반공연맹이나 한국관광공사에 가서 '공산권 주민 접촉시 유의사항' 같은 주제의 교육을 받았다. 주된 내용은 해외에서 북한 사람을 만나면 조심해야 한다, 잘못하면 납치되어 북한으로 끌려간다, 북한 사람이 아니더라도 해외에서 남한을 비판하는 동포들도 조심해야 하는데, 그들도 실은 북한의 조종을 받고 있다는 식이었다(이 소양 교육은 1992년에야 폐지되었다). 코엑스에 있는 인터컨티넨탈호텔에 모여 호텔 이용에 관한 예절 교육도 받았다. 해외에 나가면 민간 외교관이다, 나라를 대표한다는 생각을 한시도 잊지 말고 예의바르게 행동해야 한다는 훈화를 들었다. 식당에서는 포크와 나이프 사용법을 배웠고(우리가 젓가락을 쓰는 나라로

간다는 것은 고려하지 않은 것 같았다), 차례차례 빈 객실에
도 들어가 호텔방의 구조를 익혔다. 이런 난리를 치른 후
에야 우리는 비로소 나라를 떠날 수 있었다. 당시에는 인
천공항이 지어지기 전이라 모두 김포공항으로 집결했다.
우리를 태운 비행기는 홍콩을 경유하여 상하이에 도착한
다고 했다. 중국과 정식으로 수교하기 진이어서 직항 편
은 없었다. 그런데 일행 중 한 명이 나를 보자마자 내 귀
를 가리키며 물었다.

"귀에 그게 뭐예요?"

그건 키미테라는 이름의 패치형 멀미약으로 귀 뒤에
붙이도록 되어 있었다. 나 말고는 아무도 그걸 붙이고 있
지 않아서 오히려 내가 놀랐다. 비행기의 멀미가 대단하
다던데 어떻게 다들 아무 준비도 없이 나타난 것일까? 일
행들이 몰려들어 모두 내 귀 뒤에 붙어 있는 키미테를 구
경했다.

"비행기 처음 타세요?"

이상하다. 다들 멀미를 한다던데, 그래서 비행기 좌석
에는 멀미할 때 쓰는 봉지도 있다던데, 왜 저렇게들 태연

할까 의아했던 기억이 난다. 해외여행은 안 갔더라도 다들 제주도나 부산쯤은 비행기로 몇 번 다녀온 모양이었다. 어쨌든 내 첫 해외여행은 그렇게 키미테를 귀 뒤에 붙인 채로 시작되었다.

중국에서의 나는, 그리고 나와 함께 여행한 운동권의 '동지'들은 어떤 면에선 유럽에서 열심히 필기만 잔뜩 해온 나의 아버지와 크게 다를 바가 없었다. 우리는 사회주의 중국에 뭔가를 배우러 간다고 생각했다. 천안문 사태의 진실도 알고 싶었다. 국내 언론들이 사회주의 중국을 폄훼하기 위하여 진상을 조작하고 있을지도 모른다고 의심했다. 사회주의의 미래를 확신하는 젊은 청년들을 만나리라 기대했다. 그러나 그것은 우리의 소망적 사고였을 뿐이었다. 자신이 믿고 있던 것들이 아직은 건재하리라는 희망. 현실보다 믿음을 우선하는 태도였다. 여행하지 않는 사람은 편안한 믿음 속에서 안온하게 살아갈 수 있다. 그러나 여행을 떠난 이상, 여행자는 눈앞에 나타나는 현실에 맞춰 믿음을 바꿔가게 된다. 하지만 만약 우리의 정신이 현실을 부정하고 과거의 믿음에 집착한다면 여행은 재난으로 끝나게 될 것이다.

'파리 증후군'이라는 말이 있다. 프랑스 파리에서 활동하던 오타 히로아키라는 일본인 심리학자가 1991년에 처음으로 사용한 것으로 알려져 있다. 그는 유독 파리에서 호흡곤란이나 현기증 같은 증상을 겪는 일군의 일본인 여행자들에 주목했다. 파리에 대한 환상으로 여행을 떠난 일부 일본 여행객들은 파리가 자신들이 상상하던 것과 매우 다르다는 데 심한 충격을 받았다고 한다. 개똥을 치우지 않는 주인들, 메트로 개찰구를 통과하자마자 아무데나 표를 던져버리는 승객들, 외국인에게 쌀쌀맞은 점원들. 그리고 정체를 알 수 없는 온갖 불쾌한 냄새들. 이런 것들은 관광 안내책자의 아름다운 사진에서는 짐작할 수 없는 것들이었다. 오랫동안 품어왔던 멋진 환상과 그와 일치하지 않는 현실. 여행의 경험이 일천한 이들은 마치 멀미를 하듯 혼란을 겪는다. 반면 경험 풍부한 여행자들은 눈앞의 현실에 맞춰 즉각적으로 자신의 고정관념을 수정한다.

우리의 중국 여행에 돈을 댄 재벌 기업들은 사회주의의 현실을 본 젊은 운동권들이 '정신을 차리'고 투항하기를 바랐을 테지만, 우리는 그들의 의도대로는 끌려가지 않을 것이라고, 사회주의의 가능성을 발견해내고 말겠다고 은밀히 다짐하고 있었다. 비록 사회주의 세력이 베를린장벽 등 냉전의 전선 곳곳에서 백기를 들고 투항하고 있기는 했지만, 정통성이 부족한 노태우 정권은 아직 자본주의의 승리를 확신하고 있지는 못했던 것 같다. 그 증거로 그들은 그 여행에 두 명의 보안 요원도 동행시켰는데, 한 명은 국가안전기획부(국정원의 전신, 줄여서 안기부라 불렀다) 요원이었고, 또다른 한 명은 서대문경찰서의 형사였다. 혹시나 발생할지 모를 망명이나 월북 같은 돌발행동을 막기 위한 게 분명했다. 그들 이외에도 지도교수 역할로 학생처장이 동행했다.

안기부 직원은 젊기는 했는데 어딘가 음침한 구석이 있었다. 학생들과는 거의 말을 섞지 않은 채 우리 뒤를 조용히 따라다녔다. 당시 대학 분위기에서 안기부 직원과 친하게 지내려는 운동권은 아무도 없었다. 어느 과에나 선배나 동기 중에는 안기부에 끌려가 고문을 당했거나, 종적이 묘연해졌거나, 갑자기 군대에 끌려가게 된 이들이 있었다. 우리는 그를 없는 사람 취급했고 그도 그런 대접을 당연하게 받아들이는 것 같았다. 서대문경찰서에서 파견한 형사는 정보과 소속으로 정년퇴직을 눈앞에 둔 늙수그레한 남자였다. 이름 대신 그저 안 형사로 불렸다. 처음에는 안기부 직원과 비슷한 대접을 받았지만, 아무래도 정보기관원보다는 경찰이 대하기가 편했고, 용모도 형사라기보다는 고등학교 교장선생님처럼 푸근한 편이어서 차츰 경계심이 풀어졌다. 학생회 간부로 일하다보면 관할 경찰서, 특히 정보과 형사들과 자연스럽게 안면을 트게 된다. 예를 들어 시위에 나간 학생이 며칠 동안 아무 소식이 없으면 관할 경찰서 정보과의 아는 형사에게 전화를 해서 소재를 탐문하곤 했다. 보통은 어느 경찰서 유치장에 있다거나, 즉심에 넘겨졌다거나 하는 정보를 알려주었다. 가끔은 자신들도 함부로 이름을 언급할 수 없는 어떤 기관에서 데리고 있는 것 같다고 슬쩍 암시할 때도 있었다. 죽었는지 살았는지 몰라 애를 태우는 가족과 친구 입장에선 그만한 정보도 소중하다. 반면에 그들도 가벼운 정보들을 우리에게 확인할 때가 있었다. 예정된 시위의 규모나 장소 같은 것인데, 어차피 우리가 알려주지 않아도 현장에만 나오면 알게 되는 정보라면 그들이 상급 기관한테 깨지지 않도록 적당한 선에서 흘려주곤 했다. 그리고 너무 과격한 충돌이 일어나 학생이나 경찰관이 크게 다치지 않도록 조율하는 라인도 필요했기 때문에 학생회 단위에서는 관할 경찰서와의 채널을 열어두었던 것이다. 그런 사정을 알고 있는 나는 안 형사에 대해 다른 학생들보다는 거부감을 덜 갖고 있었다. 해외여행이 자유화되지 않았던 그 시절에 말년 형사인 그가 해외에 나갈 일은 전혀 없었을 것이다. 서대문경찰서에서는 보안 요원 파견을 의뢰받자 승진 기회를 여러 번 놓치고 말년 형사로 정년 퇴직을 앞둔 선배에게 일종의 포상처럼 기회를 준 것 같았다. 그 역시 학생들 대부분과 마찬가지로 생애 처음으로 해외여행을 하게 된 초보 여행자 처지였던데다가 하필이면 여행지가 미수교 적성국가여서 나름 꽤 긴장을 하고 있는 눈치였다.

그는 학생들에게 자기 카메라를 건네면서 사진을 찍어달라고 부탁하곤 했다. 셀카가 없던 시절에 그렇게라도 하지 않으면 여행 사진 한 장 남기지 못할 판이었다. 그러나 학생들은 그를 피했다. 천안문이나 만리장성 같은 유명 관광지에서도 그는 좀처럼 사진을 찍어달라고 부탁할 타이밍을 잡지 못하고 있었다. 아버지뻘인 그가 그렇게 혼자 겉돌고 있는 걸 보자니 마음이 좋지 않았다.

"제가 찍어드릴까요?"

아마 상하이 루쉰공원에서였던 것 같은데, 그때부터 나는 관광지에 도착할 때마다 잊지 않고 그의 자동카메라로 사진을 찍어주었다. 식당에서도 가끔은 그와 한 테이블에 앉아 같이 밥을 먹기도 했다. 며칠이 지나자 그는 서서히 긴장이 풀려 자기가 보안 요원으로 따라왔다는 사실도 완전히 잊어버리고 여행을 즐기기 시작했다.

"좀 웃으세요."

사진을 찍힐 때 이제 그는 자연스럽게 미소를 지었고, 우리 둘은 마치 수학여행을 온 교장선생님과 학생회장처럼 지냈다. 우리는 상하이에서 베이징으로 이동하여 천안문, 자금성 등을 구경했다. 어느 날 오후에는 베이징대학 캠퍼스에 들렀다. 약 삼십 분간 캠퍼스를 둘러본 후, 다시

여행의 이유

버스를 타고 다음 관광지로 이동할 계획이었다. 그런데 나와 한 학년 후배로 경영학과 학생회장 출신이던 친구는 버스 안에서 다른 계획을 세웠다.

"베이징대 학생을 아무나 붙잡아서 기숙사를 구경시켜 달라고 하자. 그리고 천안문 사태에 대해 물어보자."

우리는 일행에게는 알리지 않은 채 바로 계획을 실행에 옮겼다. 지나가는 대학생에게 가서 다짜고짜 혹시 기숙사 방을 구경시켜줄 수 있냐고 물은 것이다. 영어로 물었는데 의외로 유창한 답변이 돌아왔다. 그는 우리를 데리고 자기 기숙사로 갔다. 방문을 열고 들어간 후배와 나는 깜짝 놀랐다. 기숙사 벽에 대형 미국 지도가 걸려 있던 것이다. 우리가 상상하던 베이징대학 기숙사의 모습과는 아주 큰 차이가 있었다. 우리는 마오쩌둥의 초상화 정도를 기대하고 있었던 것이다. 그는 차를 끓여 우리에게 대접하면서 우리와 함께 그 지도를 보았다. 그는 분명하게 말했다. 자기의 꿈은 미국으로 유학을 가는 것이라고. 자기뿐 아니라 많은 중국의 대학생들이 같은 꿈을 꾸고 있다며, 토플 책을 꺼내 보여주었다. 후배와 나는 토플 같은 것은 공부해본 적 없었다. 자본주의는 스스로의 모순으로 멸망하고 사회주의가 승리할 것이라 믿었고, 미국이 한반도 분단의 원흉이라고 생각해 미워했기 때문이었다. 그런데 정작 중국의 엘리트들은 미국 유학을 준비하고 있었다. 우리는 그에게 몇 달 전에 있었던 천안문 사태에 대해 물었다. 그는 애매한 미소만 짓고 아무 대답도 하지 않았다. 베를린장벽의 붕괴와 소비에트의 해체 같은 사건에 대해서도 그는 아무 말도 보태지 않았다. 대신 그는 우리에게 미국에 가본 적이 있느냐고 물었다. 우리는 없다고 대답했고 그는 조금 실망하는 눈치였다. 그래도 우리는 많은 주제에 대해 이런저런 대화를 나누었다. 사회주의 중국에 환상을 가진 서울의 대학생과 자본주의 미국으로 유학 가는 게 꿈인 베이징 대학생의 대화는 끊어질 듯 끊어질 듯 계속 이어졌다. 그러다 문득 정신을 차리고 시계를 보니 모이기로 한 시간보다 무려 두 시간이나 지나 있었다. 우리는 깜짝 놀라 그에게 인사를 하고 약속 장소로 달렸다. 버스는 자리에 그대로 있었지만 운전기사 말고는 아무도 없었다. 잠시 후 하나둘 학생들이 버스로 돌

여행의 이유

아오기 시작했다. 우리를 찾으러 모두 캠퍼스 여기저기를 뒤지고 다녔던 것이다. 학생처장은 눈을 질끈 감은 채 아무 말도 하지 않았고 안 형사는 안도하며 가슴을 쓸어내리는 눈치였다. 학생 대표 역할을 하던 복학생 선배는 크게 화를 내며 도대체 어디를 갔다왔느냐, 모두들 얼마나 놀랐는지 아느냐고 버럭 소리를 질렀다. 우리는 베이징대 학생과 만나 대화를 좀 하다보니 시간 가는 줄을 몰랐다고 변명했지만 믿지 않는 것 같았다. 아무래도 그들 모두 최악의 시나리오를 상상하고 있었던 게 분명했다. 자진월북이나 망명, 납치 같은…… 그럴 경우 자신들에게 어떤 화가 미칠지를 생각하느라 머리가 하얘졌던 것 같았다.

그날 저녁 모두가 저녁을 먹으러 모인 자리에서 공개적으로 사과를 했다. 호텔로 돌아가는 길에 안 형사가 오더니 자신은 크게 걱정하지 않았다고, 내가 그럴 사람이 아니라고 생각했었다고 말했다. 그러면서 그는, 졸업한 뒤에도 계속 운동을 할 거냐고 물었고, 나는 대학원에 가려고 한다고 했다. 그는, 잘 생각했다, 자기가 그동안 운동권들을 많이 봐왔지만 나는 어쩐지 그쪽은 아닌 것 같더라는 말을, 마치 칭찬처럼 했다.

후폭풍이 거세서 잠시 잊어버렸지만, 후배와 내가 베이징대학 기숙사에서 받은 충격은 작지 않았다. 우리는 여행 내내 그 얘기를 했다. 중국은 우리가 생각했던 나라가 아닌 것 같다, 앞으로 자본주의화가 빠르게 진행될 것 같다, 같은 이야기를 하며 밤을 새웠다. 비단 베이징대 학생의 기숙사가 아니더라도 여행지에서 목격한 모든 징후가 중국이 앞으로 걸어가게 될 길을 암시하고 있었다. 덩샤오핑은 중국을 완전히 바꾸고 있었다. 공산당이 통치한다는 것만 빼면 중국은 거의 모든 면에서 급격하게 국가자본주의 체제로 이행하고 있었다. 모든 여행자가 그러듯이, 우리 역시 눈앞에 나타난 현실에 맞춰 고정관념을 수정하지 않을 수 없었다.

중국 여행에서 돌아온 나는 학생회 일은 모두 다음 집행부에게 물려주고 6월에 있을 대학원 입학시험 준비를 하기 시작했다. 학부 시절에 공부라고는 거의 하지를 않았으니 시험공부는 좀 벅찼다. 그래도 새벽부터 밤까지 도서관에서 살았다. 어느 날, 학생회의 후배로부터 연락을 받았다. 서대문경찰서 정보과의 안 형사라는 사람이 학생회로 연락을 해왔다는 것이다. 나는 공중전화로 그에게 전화를 걸었다. 그는 시경(서울시경찰청)에서 나를 찾고 있다고 알려주고 바로 전화를 끊었다. 수배를 당하고 있으니 피하라는 뜻이었다. 그날부터 나는 집에 들어가지 않고 학교 기숙사에서 선후배, 친구들의 도움으로 은신했다. 아침에는 방 주인들보다 먼저 일어나 그들이 준 식권으로 밥을 먹고 도서관에 갔다. 밤에는 기숙사 점호가 끝나는 어수선한 시간에 들어가 침대와 침대 사이 바닥에 담요를 깔고 잤다. 6월 대학원 시험을 치를 때까지 학교 담장 밖으로 한 발짝도 나가지 않았다.

다행히 나는 검거되지 않고 무사히 대학원 입학시험을 치렀다. 며칠 후 오랜만에 집으로 숨어들어갔다. 사흘쯤 지났을까. 오후 늦게 누군가 우리집 초인종을 눌렀다. 문을 열어보니 땅딸막한 체구의 남자가 서 있었다. 신분증 같은 것은 제시하지 않았지만 누가 봐도 형사였다.

"여기 김영하네 집이지? 형 요즘 어딨어?"

그는 나를 세 살 터울의 동생으로 생각하고 있었던 것

이다. 내가 집에 이렇게 태연하게 있으리라고는 짐작하지 못하고 그저 관내의 수배자를 형식적으로 체크하던 중이었을 것이다. 이미 시험도 본 터였고, 영원히 도망 다닐 생각도 아니었기 때문에, 나는 순순히 불었다.

"제가 김영하인데요."

그가 눈을 치떠 나를 올려다보았다.

"네가 김영하라고?"

그는 들고 있던 수첩을 재킷 안주머니에 넣었다.

"너…… 지금 수배 중인 건 알고 있지?"

"알고 있어요."

도피 생활을 마치고 집에 오자마자 형사의 방문을 받은 나도 놀랐지만, 단신으로 아무 준비도 없이 찾아왔는데 수배자를 마주친 그쪽도 당황하기는 마찬가지였을 것이다.

"그럼 너 나랑 같이 가야 돼. 얼른 이리 나와."

나는 고개를 저었다 .

"안 돼요."

"왜 안 돼?"

"우리 학교가 서대문서 관할이라 그쪽으로 가야 돼요."

피식 웃거나 할 줄 알았는데 의외로 약간 긴장하는 기색이었다.

"그런 거 없어. 그냥 나 따라오면 돼."

"일단 전화 좀 해보고요."

"야 인마, 내가 가자면 가는 거지, 무슨 소리야?"

말은 그렇게 하면서도 그는 나를 완력으로 제압해 데리고 가는 위험은 감수하고 싶지 않은 눈치였다. 나는 그보다 체구가 훨씬 컸고, 홈그라운드였던데다가, 복도식 아파트여서 잘못 몸싸움을 하다간 난간 너머로 밀려 떨어질 수도 있었다. 그의 등뒤가 바로 일 미터 높이의 난간이었다. 때마침 어머니도 귀가해 형사를 붙들고 늘어졌다. 나는 그를 집안으로 들어오라고 하고, 서대문경찰서로 전화를 걸어 안 형사를 찾았다.

"그냥 이분 따라갈까요, 아니면……"

"아니, 그쪽으로 가면 절대 안 돼. 전화 바꿔줘봐."

그쪽에서는 자기들 실적을 다른 서에 양보할 생각이 전혀 없었다. 통화가 좀 길어졌지만 서로 모종의 타협을 본 것 같았다. 그는 서대문경찰서에서 나를 데리러 올 때까지 거실에 앉아 말없이 나를 지키고 있었다. 그날 오후부터 나는 경찰서 유치장에 수감돼 조사를 받기 시작했다. 그들은 교문 앞에서 채증한 사진 몇 장을 보여주었다. 마스크로 입을 가린 내가 각목을 들고 학교 정문 앞에 서 있었다.

"너 맞지?"

"네."

조사는 수사과의 젊은 형사들이 진행했는데 안 형사가 수시로 찾아왔다. 그는 후배 형사들에게 거듭 부탁했다. 애는 다르다, 얼마 전에 대학원 시험도 봤다더라, 착실한 놈이고 운동 같은 건 이제 안 할 거다. 중국 갔을 때 같이 지내봐서 내가 잘 안다.

'착실한 놈'으로 인정받은 나는 구속을 면하고 풀려나왔다. 검찰에 송치는 되었지만 기소유예 처분을 받았다. 대학원에서 합격 통보도 받았고, 입학한 뒤부터 본격적으로 글을 쓰기 시작했다. 대학원 3학기쯤부터는 글을 써서 등록금과 생활비를 벌 수 있을 정도가 되었다. 만약 안 형

여행의 이유

사가 내게 수배 사실을 알려주지 않았더라면 어떻게 되었을까? 나는 아무것도 모른 채로 집에 가다가 시경 형사들에게 붙들려 갔을 것이고, 어쩌면 서대문경찰서에서보다는 훨씬 가혹한 조사를 받고는 구속되거나 징역형을 받고 대학원 시험을 보지 못했을 수도 있었다. 대학원에 입학을 하지 않으면 더이상 입영을 연기할 방법이 없으니 바로 입대했을 것이고, 아마 작가도 되지 못했을 것이다. 되었더라도 훨씬 늦어졌을 것이고 지금과는 다른 운명으로 살아갔을 것이다.

안 형사의 예언대로 나는 그후로 '운동 같은 것'은 하지 않았다. 시대가 변했고 문민정부가 들어섰다. 중국과 우리나라가 정식으로 수교했고 사람들은 더이상 그 나라를 '중공'이라고 부르지 않게 되었다. 그리고 우리나라 경제에서 가장 중요한 교역 상대국이 되었다.

푸둥공항에서 추방되던 그 순간에 나는 자연스럽게 처음 상하이에 도착했던 스물세 살 무렵을 떠올렸고, 그때로부터 얼마나 많은 것이 변했는가를 생각했고, 몇몇 기업가와 정치가가 구상했던 그 우스꽝스런 '사회주의 제대로 알기' 패키지여행이, 어떻게 그들이 전혀 생각하지 못한 방식으로 내 인생을 바꾸었는지를 생각하고 있었다. 나와 함께 베이징대 학생의 기숙사에 들어갔던 후배는 그 여행에서 만난 동갑내기 친구와 사귀게 되었고 군복무를 마치자마자 결혼을 했다. 그도 그 여행 덕분에 사회주의의 현실을 '제대로 알'게 된 것일까? 졸업 후 그는 어쩌면 그 중국 여행에 돈을 댔을 수도 있는 대기업에 입사했다. 나는 둘의 결혼식에 갔고 몇 달 후에는 신혼집에 가서 새벽까지 진탕 술을 마셨다. 잠에서 깨어보니 둘은 이미 출근을 한 뒤였고 냉장고에 메모가 남겨져 있었다. 인사 못하고 먼저 출근해서 미안하다. 냉장고에 홍삼 팩이 있으니 꺼내서 먹어라. 우리는 아침을 그렇게 먹는다. 나중에 연락하자. 현관문을 잘 닫고 나가달라. 닫으면 자동으로 잠긴다. 후배 부부는 새로운 삶에 완벽하게 적응해 있었다.

마오의 나라 중국에 가서 사회주의의 가능성을 발견하겠다던 우리 둘의 생각은 '추구의 플롯'에서 흔히 등장하는 이른바 '외면적 목표'였을 것이다. 여행을 떠나기 위

여행의 이유

한 공식적 이유. 프로도의 절대반지 같은 것. 그렇다면 우리 둘에게 숨겨진 '내면적 목표'도 있었을 것이다. 우리는 이미 베를린장벽이 무너지는 것을 보았고, 천안문 사태가 인민해방군의 탱크로 진압되는 것도 보았다. 불과 십 년 전에 광주 시민의 항거가 바로 그런 식으로 짓밟혔던 것을 아는 우리로서는 여행 전에 이미 중국에 대한 희망을 버렸는지도 모른다. 그러니 그 여행은 주식투자자의 손절매 같은 것이었을 것이다. 그 친구는 대기업에 취업하고, 나는 대학원에 진학했다. 그리고 대학원에서 쓰기 시작한 소설이 나의 평생의 업이 되었다.

지난겨울, 추자도에 갈 일이 있었다. 평소 추자도를 자주 다녀온 분이 초행인 다른 일행들에게 키미테를 권했다. 그 이름을 듣자 내 생애 최초의 비행기 여행이 떠올랐다. 나는 승선을 기다리던 일행에게 키미테를 붙이고 김포공항에 나타났던 내 스물세 살의 겨울에 대해 말해주었다. 다들 그 얘기를 좋아했다. 나는 키미테를 붙이지 않고 배에 올랐다.

높은 파도에 앞뒤로 흔들리는 쾌속선의 선실에서 나는

멀미에 대해서 생각하고 있었다. 멀미란 눈으로 보는 것과 몸이 느끼는 것이 다를 때 오는 불일치 때문에 발생한다고 한다. 전혀 움직이지 않는데도, 즉 자동차나 비행기 안에 가만히 앉아 있는데도 어지러움을 느낀다면 뇌는 이것을 비상한 상태, 즉 독버섯이나 독초를 먹었다고 판단하고 소화기관에 있는 음식물을 토해내도록 한다는 것이다. 그래서 운전자는 멀미를 겪지 않는다. 차가 어떻게 움직일지를 예상할 수 있기 때문에 뇌가 그에 맞춰 준비를 하기 때문이다. 다시 말해 멀미는 뇌의 예측과 눈앞의 현실이 다를 때 일어난다고도 할 수 있다. 멀미약 패치를 귀 뒤에 붙이고 나타난 나의 무의식은 아마도 중국에서 내가 겪게 될 현실, 그것이 야기할 일종의 정신적 멀미에 대한 두려움과 관련이 있었을 것이다. 사회주의 중국은 내가 책을 보며 상상했던 나라와 너무도 달랐다. 모든 인민이 평등하게 살아가며 억압과 착취가 없는 그런 나라가 아니라 공산당이 지배하는 개발독재국가였다. 지도자는 (당시내가 증오해 마지않았던) 박정희, 전두환의 경제 정책을 모델로 삼고, 젊은 엘리트들은 미국을 선망하고, 인민들은 믿을 수 없이 초라하고 남루했다.

최초의 해외여행에서 겪은 이 혼란과 실망은 그대로 내 안에 침전되어 있었을 것이다. 만약 소설 속 인물이라면 푸둥공항에서 추방되던 순간의 내 마음은 아마도 이렇게 표현되었을 것이다.

'어쩌면 그는 비자가 필요하다는 사실을 알고 있었을지도 모른다. 아니 최소한 비자가 필요한지 알아는 봐야 한다고 생각했을 것이다. 그러나 그는 그런 최소한의 노력을 하지 않았다. 왜냐하면 마음속 깊은 곳에서 그는 중국에 가고 싶지 않았던 것이다. 그때 겪은 정신적 멀미의 괴로움이 아직도 남아 있었던 것이다. 중국은 그가 처음으로 가본 외국이었고, 젊은 날의 환상이 깨져나간 곳이었다. 오랜 세월이 지나 다시 찾은 중국에서 추방되어 집으로 돌아온 그는 오히려 안온함을 느꼈다. 그는 비로소 오래 미루던 소설을 다시 시작할 수 있다고 생각했고 그렇게 했다. 아내는 집 밖으로 절대 나가선 안 된다고 다짐을 두었는데 그것이야말로 그가 진정으로 바라던 것이었다. 비밀의 벽장을 열고 자기만의 세계로 내려가는 나니아처럼 그 역시 자신만이 열어젖힐 수 있는 문을 열고 오랫동안 중단했던 소설 속으로, 매번 낯설지만 끝내는 그를 환대해주는, 비자 따위는 요구하지 않는 그 나라로 바로 빨려들어갔다.'

기대와는 다른 현실에 실망하고, 대신 생각지도 않던 어떤 것을 얻고, 그로 인해 인생의 행로가 미묘하게 달라지고, 한참의 세월이 지나 오래전에 겪은 멀미의 기억과 파장을 떠올리고, 그러다 문득 자신이 어떤 사람인지 조금 더 알게 되는 것. 생각해보면 나에게 여행은 언제나 그런 것이었다.

상처를 몽땅 흡수한
물건들로부터 달아나기

나는 호텔이 좋다.

　모든 인간에게는 살아가면서 가끔씩은 맛보지 않으면 안 되는 반복적인 경험이 있을 것이다. 가까운 사람들과 만나 안부를 묻고 마음을 나누는 시간을 주기적으로 갖는다거나, 철저히 혼자가 된다거나, 죽음을 각오한 모험을 떠나야 한다거나, 진탕 술을 마셔야 된다거나 하는 것들. '약발'이 떨어지기 전에 이런 경험을 '복용'해야, 그래야 다시 그럭저럭 살아갈 수가 있다. 오래 내면화된 것들이라 하지 않고 살고 있으면 때로 못 견딜 것 같은 기분이

든다. 그래서 이런저런 합리화를 해가며 결국은 그것을 하고야 만다.

내 경우는 이렇다. 비행기를 타고 인천공항을 떠나 낯선 도시에 도착해 택시를 타고 예약해둔 호텔에 도착하고, 호텔의 예약자 명단에 내 이름이 있음을 확인하고, 방을 안내 받아 깔끔하게 정리된 순백의 시트 위에 누워 안도하는, 그런 경험을 그리워하며 살아간다.

영화 대본을 몇 번 써본 일이 있다. 시나리오 작가는 인물에 대해서 명확하게 알고 있어야 한다. 누군가 반드시 묻기 때문이다. '이 인물은 어떤 사람이에요?' '이 인물은 왜 이런 행동을 하죠?' 이런 질문을 배우나 제작자, 투자자로부터 받게 된다. 그럼 작가는 답을 할 수 있어야 한다. 미국 드라마 DVD를 보면 뒤에 부록으로 연출자와 배우 등의 인터뷰가 실려 있는 경우가 있다. 코멘터리라고도 불리는 이런 부록에서 배우들은 자신의 역할을 너무도 명확하게 정의하고, 매회 어째서 그런 행동을 하게 되는지를 막힘없이 설명한다. 미국의 연기자들이 아주 똑똑하고, 드라마에 대해 깊이 이해한 덕분일 수도 있지만, 개

개인의 이런 탁월함은 어느 정도는 문화적 환경의 산물이다. 일단은 작가가 자신이 만든 인물에 대해 잘 알고 있어야 하고, 그것을 연출자와 배우에게 설득력 있게 설명해줄 수 있어야 한다. 많은 토론 속에서 배우는 좀더 분명하게 대본 안에서 무슨 일이 벌어지고 있는지, 인물은 왜 이런저런 행동을 하는지를 이해하게 된다. 대본 툭 던져주고 배우가 알아서 잘하기를 바라는 문화가 아닌 것이다.

미국의 시나리오 작법 책들을 보면 작가는 인물의 성장과정, 가족 관계, 사고방식, 질병, 정치적 성향, 성적 취향, 친구 관계, 반려동물의 유무 등 온갖 요소들을, 비록 작품에 드러나지 않는다 해도 잘 알고 있어야 한다고 가르친다.

예전에 대학에서 학생들을 가르칠 때, '성격 창조 워크숍'이라는 수업이 있었다. 이야기에 등장하는 인물들의 캐릭터를 창조해보는 수업이었다. 학생들이 만들어온 인물들은 대체로 모호하다. 주인공이 어떤 사람이냐고 물으면 이렇게 대답하는 학생들이 적지 않았다. '그냥 평범한 회사원(대학생, 공무원 등등)이에요.' 그럴 때 이렇게 말하는 것이 선생으로서의 나의 역할이었다.

"평범한 회사원? 그런 인물은 없어."

모든 인간은 다 다르며, 자세히 들여다보면 어딘가 조금씩은 다 이상하다. 작가로 산다는 것은 바로 그 '다름'과 '이상함'을 끝까지 추적해 생생한 캐릭터로 만드는 것이다. 나는 스프레드시트로 표를 하나 만들어 소설을 쓸 때마다 사용한다. 비중이 있는 인물이면 그의 외모부터 습관, 취향까지 다양한 항목에 대해 구체적으로 답해본다. 마치 앙케트 조사와 비슷하다. 역시 가장 어려운 부분은 인물의 내면이다. 윤리적 태도, 성性에 대한 관념, 정치적 성향 등, 십여 개의 항목에 대해 구체적으로 답변하다 보면 인물에 대해 좀더 또렷한 윤곽이 그려진다. 그런데 인물의 내면 부분에서 내가 제일 고민하게 되는 항목은 '프로그램'이다. 노아 루크먼은 '가지고 있는지조차 모르지만, 인물의 무의식 속에 잠재되어 있는 일종의 신념'[*]으

---

[*] 노아 루크먼, 『플롯 강화: 길 잃은 창작자를 위한 글쓰기 수업』, 신소희 옮김, 복복서가, 2021, 48쪽.

여행의 이유

로 '프로그램'을 설명한다. 인간의 행동은 입버릇처럼 내뱉고 다니는 신념보다 자기도 모르는 믿음에 더 좌우된다. 모르기 때문에 더더욱 그렇게 된다. '흑인은 지적으로 열등하다' 같은 고정관념도 프로그램이라 할 수 있다. 이런 인종차별주의적인 프로그램을 가지고 있는 백인은 어쩌다 뛰어난 지적 성취를 이룬 흑인을 만나면 '흑인이지만 정말 대단하다'는 대사를 칭찬이랍시고 치게 된다. 작가가 미리 생각해둔 프로그램이 인물의 대사가 되어 배우의 입을 통해 관객에게 전달되는 순간, 관객은 그 인물이 어떤 사람인지를 분명히 알게 된다.

더 넓게 보자면 '프로그램'이란, 인물 자신도 잘 모르면서 하게 되는 사고나 행동의 습관 같은 것이라고도 할 수 있다. 예를 들어, 어떤 사람은 나쁜 일이 일어나면 모두 자기 탓으로 귀인한다('내가 손대면 되던 일도 안 돼'). 반대로 어떤 이는 언제나 남 탓으로 돌린다('내가 뭐랬어? 도대체 일을 제대로 하는 놈들이 없다니까!'). 어떤 인물은 뭐든지 신중하게 조심하는 게 최선이라고 믿기 때문에 새로운 일을 거의 벌이지 않고, 반면 어떤 사람은 무슨 일이든 일단 저지르고 보는 게 낫다고 확신하고 실제로도 그렇게 한다. 이런 것도 프로그램이다. 만약 내가 영화나 연극의 등장인물이고, 인물이 낯선 도시의 호텔에 도착하는 경험을 주기적으로 필요로 한다면, 배역을 맡은 배우는 아마도 작가나 연출자에게 이런 질문들을 던질 것이다.

"이 인물은 호텔을 좋아한다고 말하네요."

"네, 그런 인물이에요."

"여행도 자주 하겠네요?"

"자주 해요."

"인물 내면의 어떤 프로그램 때문에 그렇게 되었을까요?"

"이 인물은 그냥 호텔을 좋아한다고 생각하고 사람들에게도 공개적으로 그렇게 말해요."

"그건 취향이지 프로그램이 아니잖아요. 프로그램은 인물 자신도 의식하지 못하는 신념이잖아요."

"맞아요. 모르니 말로 내뱉을 수가 없죠. 오직 극중의 갈등이나 사건을 통해서 이런 프로그램이 오랫동안 자기 안에서 작동하고 있었음을 깨닫게 될 거예요."

여행의 이유

"그래서 그 프로그램이 뭐냐니까요?"

"삶의 안정감이란 낯선 곳에서 거부당하지 않고 받아들여질 때 비로소 찾아온다고 믿는 것. 보통은 한곳에 정착하며 아는 사람들과 오래 살아가야만 안정감이 생긴다고 믿지만 이 인물은 그렇지가 않아요. 하지만 그는 자신이 이런 프로그램을 갖고 있다는 걸 모르죠. 그냥 여행을 좋아한다고만 생각합니다. 그러나 그가 여행에서 정말로 얻고자 하는 것은 바로 삶의 생생한 안정감입니다."

누군가가 히말라야의 팔천 미터급 고봉에 올라 죽음의 고비를 넘기고 안전하게 귀환하는 것을 반복하듯이, 나는 일면식도 없는 사람들로부터 거부당하지 않고 안전함을 느끼는 순간을 그리워하는데, 그 경험은 호텔이라는 장소로 표상되어 있다. 이 글을 쓰고 있노라니 프로그램의 근원도 이제는 알 것만 같다. 나의 유년은 잦은 이주로 점철되었다. 새로운 학교로 전학하여 처음 보는 아이들에게 받아들여지는 원경험들이 쌓여, 그것이 프로그램으로 내 안에 저장되었을 것이다.

어떤 인간은 스스로에게 고통을 부과한 뒤, 그 고통이

자신을 파괴하지 못한다는 것을 확인하고자 한다. 그때 경험하는 안도감이 너무나도 달콤하기 때문인데, 그 달콤함을 얻으려면 고통의 시험을 통과해야만 한다. '집 떠나면 고생'이라는 말을 나도 잘 알고 있다. 하지만 내 안의 프로그램은 어서 이 편안한 집을 떠나 그 고생을 다시 겪으라고 부추기는 것이다. 그래서 나는 그 어디로든 떠나게 되고, 그 여정에서 내가 최초로 맛보게 되는 달콤한 순간은 바로 예약된 호텔의 문을 들어설 때이다. 벨맨이 가방을 받아주고 리셉션의 직원은 내 이름을 알고 있다. '나는 다시 받아들여졌다. 그리고 이제 한동안은 안전하다.' 평생토록 나는 이 패턴을 반복하고 있다. 1)낯선 곳에 도착한다. 두렵다. 2)그런데 받아들여진다. 3)다행이다. 크게 안도한다. 4)그러나 곧 또다른 어딘가로 떠난다.

나와 달리 아내는 잘 모르는 사람들에게 둘러싸이는 상황을 좋아하지 않는다. 아내는 초등학교, 중학교, 고등학교를 단 한 번의 전학도 없이 고향에서 마쳤다. 지금도 그 친구들과 연락을 하고 지낸다. 아내는 잘 아는 사람들과 익숙한 환경에서 존중과 사랑을 받으면서 자랐다. 아내의 프로그램은 '오랫동안 잘 알던 사람들과 있을 때 인간은 안정감을 누린다'는 것이다. 반면 나는 그렇게 만나는 친구가 한 명도 없다. 새로운 사람을 만나면 늘 마음의 준비를 했다. 지금은 좋아. 하지만 곧 헤어지고, 그럼 다시는 못 만날 거야. 나는 서른 살이 되던 해에 결혼을 했는데 같이 학교를 다녔던 동창생 누구에게도 청첩장을 보내지 않았고, 그래서 아무도 참석하지 않았다. 학교를 졸업하면서 그때 만났던 친구들과도 자연스럽게 멀어졌고 나는 또 새로운 사람들에게 적응하기 위해 노력했다. 그런데 소설은 어떻게 이렇게 오래 써왔을까? 소설 쓰기 역시 그 패턴을 반복하기 때문이다. 『살인자의 기억법』의 '작가의 말'의 서두는 이렇게 시작한다.

소설을 쓰는 것이 한 세계를 창조하는 것이라 믿었던 때가 있었다. 어린아이가 레고를 가지고 놀듯이 한 세계를 내 맘대로 만들었다가 다시 부수는, 그런 재미난 놀이인 줄 알았던 것이다. 그런데 아니었다. 소설을 쓴다는 것은 마르코 폴로처럼 아무도 경험하지 못한 세계를 여행하는 것에 가깝다. 우선은 그들이 '문을 열어주어야' 한다. 처음 방문하는 그 낯선 세계에서 나는 허용된 시간만큼만 머물 수 있다. 그들이 '때가 되었다'고 말하면 나는 떠나야 한다. 더 머물고 싶어도 그럴 수가 없다. 또다시 낯선 인물들로 가득한 세계를 찾아 방랑을 시작해야 하는 것이다. 이렇게 이해하자 마음이 참 편해졌다.

지금 와서 읽어보면 의미심장하다. 저 소설을 쓰던 2013년에 나는 막연하게나마 내가 어떻게 이렇게 진득하게 소설을 쓸 수 있었는지, 왜 다른 일로 달아나지 않았는지 감을 잡고 있었던 것이다. 소설 쓰기는 나에게 여행이고, (비록 내가 창조했지만) 낯선 세계와 인물들에게 받아들여지는 경험이었던 것이다. 이렇듯 인간이 자기도 모르게 입력된 어떤 프로그램에 따라 살아간다고 생각하면, 자유의지라는 것이 때로 허망하게 느껴진다. 인생은 눈에 보이는 적이 아니라 우리 내면의 어떤 허깨비와 싸우는 것일지도. 그게 뭔지도 모르는 채로.

여행의 이유

호텔을 좋아하는 이유는 또 있다. 호텔은, 너무 당연한 말이지만, 집이 아니다. 어떻게 다른가? 집은 의무의 공간이다. 언제나 해야 할 일들이 눈에 띈다. 설거지, 빨래, 청소 같은 즉각 처리 가능한 일도 있고, 큰맘 먹고 언젠가 해치워야 할 해묵은 숙제들도 있다. 집은 일터이기도 하다. 나는 컴퓨터 모니터만 봐도 마음이 무거워진다. 아니, 책꽂이에 꽂혀 있는 책들만 봐도 그렇다. 책들은 내가 언젠가는 하지 않으면 안 될 일, 그러나 늘 미루고 있는 바로 그 일, 글쓰기를 떠올리게 한다. 내가 소파에 누워 있는 순간에도 다른 작가들이 부지런히 멋진 책들을 쓰고 있다고, 그러니 어서 책상 앞에 앉아 글을 쓰라고 질책하는 것만 같다.

오래 살아온 집에는 상처가 있다. 지워지지 않는 벽지의 얼룩처럼 온갖 기억들이 집 여기저기에 들러붙어 있다. 가족에게 받은 고통, 내가 그들에게 주었거나, 그들로부터 들은 뼈아픈 말들은 사라지지 않고 집 구석구석에 묻어 있다. 집은 안식의 공간이(어야 하)지만 상처의 쇼윈도이기도 하다. 그래서 가족 간의 뿌리 깊은 갈등을 다룬 소설들은 어김없이 그들이 오래 살아온 집을 배경으로 이야기를 전개한다.

『문학은 어떻게 내 삶을 구했는가』에서 데이비드 실즈는 이렇게 말한다.

고통은 수시로 사람들이 사는 장소와 연관되고, 그래서 그들은 여행의 필요성을 느끼는데, 그것은 행복을 찾기 위해서가 아니라 자신들의 슬픔을 몽땅 흡수한 것처럼 보이는 물건들로부터 달아나기 위해서다.*

잠깐 머무는 호텔에서 우리는 '슬픔을 몽땅 흡수한 것처럼 보이는 물건'들로부터 완벽하게 자유롭다. 모든 것이 제자리에 잘 정리되어 있으며, 설령 어질러진다 해도 떠나면 그만이다. 호텔 청소의 기본 원칙은 이미 다녀간 투숙객의 흔적을 완벽히 제거하는 것이다. 그들의 냄새까

* 데이비드 실즈, 『문학은 어떻게 내 삶을 구했는가』, 김명남 옮김, 책세상, 2014, 87쪽.

지 지워야 하니까 호텔에선 가정집보다 훨씬 독한 세제와 방향제를 쓴다. 호텔에 들어설 때마다 맡게 되는 그 냄새, 분명 처음에는 자연의 어떤 향을 흉내냈겠지만, 어느 순간 그 근원을 몰각한 듯한, 아니 아예 신경쓰지 않겠다는 듯한, 이제는 그저 세제와 방향제 냄새로만 지각되는 그 익숙한 향의 습격을 받는다. 나라마다 호텔 냄새도 각기 다르다. 그러나 세제와 방향제 특유의, 여타의 다른 잡냄새를 일거에 제압하는 독선적이고 인공적인 향이라는 점에서는 같다. 그 덕분에 우리는 호텔의 방문을 열고 들어설 때마다 마치 새집에 들어선 것 같은 설렘을 느낀다. 아니라는 걸 뻔히 알면서, 몇 시간 전에 누군가가 서둘러 체크아웃하고 나갔을 것을 짐작하면서도, 눈으로는 활짝 젖힌 커튼 밖 풍경에 시선을 빼앗기고, 코로는 세제와 방향제 냄새를 맡으며, 그런 찜찜함을 잊어버리고 만다. 호텔에선 언제나 삶이 리셋되는 기분이다. 처음 들어설 때도 그렇고, 다음날 외출하고 돌아올 때도 그렇다. 호텔은 집요하게 기억을 지운다. 이전 투숙객의 기억은 물론이거니와 내가 전날 남겼던 생활의 흔적도 지워지거나 살짝 달라져 있다. 〈사랑의 블랙홀〉이라는 영화에서 주인공은 매일 똑같은 하루를 반복한다. 정확히 어제와 같은 오늘이 펼쳐진다. 그 정도까지는 아니지만 잘 운영되는 호텔에서 느끼는 기분은 〈사랑의 블랙홀〉과 비슷한 구석이 있다. 어제와 다르지 않은 오늘이 끝없이 반복되는 듯하다. 그래서 일상사가 번다하고 골치 아플수록 여행지의 호텔은 더 큰 만족을 준다. 적어도 그 순간만큼은 그 문제들로부터 아주 멀리 떨어져 있는 것 같고 나에게 그 어떤 영향도 주지 못할 것만 같다. 삶이 부과하는 문제가 까다로울수록 나는 여행을 더 갈망했다. 그것은 리셋에 대한 희망이었을 것이다. 이십대, 삼십대에는 일 년짜리 적금을 부어 여행을 다녔다. 때로는 신용카드 할부로 항공권을 구입해서도 나갔다. 그 돈을 모아서 집부터 장만하라던 선배가 있었다. 그 선배의 부모는 강남에만 열 채가 넘는 아파트를 가지고 있었다. 선배는 결혼하면서 그중 하나를 증여받았다. 자기가 번 돈으로 청약저축 한 번 부어보지 않은 사람에게 그런 충고를 들었을 때도 나는 여행을 떠나고 싶었다.

풀리지 않는 삶의 난제들과 맞서기도 해야겠지만, 가끔은 달아나는 것도 필요하다. 중국의 고대 병법서 『삼십육계』의 마지막 부분은 「패전계」로 적의 힘이 강하고 나의 힘은 약할 때의 방책이 담겨 있다. 서른여섯 개 계책 중에 서른여섯번째, 즉 마지막 계책은 '주위상走爲上'으로, 불리할 때는 달아나 후일을 도모하라는 것이다. 흔히 '삼십육계 줄행랑'이라고 하는 말이 여기서 온 것이다. 근대 이후로 인간은 자연과 세계를 개조하고 통제하며 발전해왔고, 그런 정신을 이어받은 자기계발서들은 우리에게 주변의 문제들은 이러저러한 방법으로 해결될 수 있다고 말한다. 그러나 나는 언제나 고대의 지혜에 끌린다. 인생의 난제들이 포위하고 위협할 때면 언제나 달아났다. 이제 우리는 칼과 창을 든 적과 싸우는 것이 아니라 보이지 않는 다른 적, 나의 의지와 기력을 소모시키는, 눈에 보이지 않는 적과 대결한다. 때로는 내가 강하고, 때로는 적이 강하다. 적의 세력이 나를 압도할 때는 이길 방법이 없다. 그럴 때는 삼십육계의 마지막 계책을 써야 한다.

기억이 소거된 작은 호텔방의 순백색 시트 위에 누워

인생이 다시 시작되는 것 같은 느낌에 사로잡힐 때, 보이지 않는 적과 맞설 에너지가 조금씩 다시 차오르는 기분이 들 때, 그게 단지 기분만은 아니라는 것을 아마 경험해 본 사람은 알 것이다.

오직 현재

오래전에 읽은 소설을 다시 펼쳐보면 놀란다. 제대로 기억하고 있는 게 거의 없다. 소설 속의 어떤 사건은 명확하게 기억이 나는 반면 어떤 사건은 금시초문처럼 느껴진다. 모든 기억은 과거를 편집한다. 뇌는 한 번 경험한 것은 그 어떤 것도 잊지 않는다고 한다. 다만 어딘가 깊숙한 곳에 처박아두어서 찾을 수 없게 될 뿐. 내 서재가 딱 그렇다. 글을 쓰다가 가끔 어떤 책이 필요해서 찾다가 결국 포기하고 새로 사버릴 때가 있다. 온 집안을 뒤져 그 책을 찾는 것보다 인터넷서점에 주문하는 게 더 빠르다는 것을 경험적으로 알기 때문이다. 나의 뇌도 비슷할 것이다. 매일 들어오는 엄청난 양의 정보들 중에서 중요하다고 판단하는 것만 적당히 편집해서 남기고 나머지는 어딘가에 던져두는 것 같다.

오래전에 다녀온 여행을 떠올리면 그 어떤 기억도 선명하지 않다. 어렸을 때 읽고 다시는 펼쳐보지 않은 책인 것만 같다. 사진을 보면 기억이 좀더 또렷해지지만, 사각 프레임 바깥에서 무슨 일이 벌어지고 있었는지 전혀 떠오르지 않을 때도 많다. 그래도 가끔 문득문득 떠오르는 얼굴들이 있다. 여행지에서 마주친 사람들, 그들은 지금 어디에서 어떻게 살아가고 있을까?

캄보디아의 앙코르와트에 처음 간 것은 1997년이었다. 아직 크메르 루주 잔당들이 밀림에 남아 있을 무렵이었다. 이 년 전, 밀림 속으로 유적을 보러 갔던 젊은 서양 여성이 캄보디아인 가이드와 함께 크메르 루주의 총에 맞아 살해된 일로 여행자들은 위축돼 있었다. 여행 직전에는 신임 총리 훈센을 노린 폭탄 테러가 프놈펜 시내에서 발생하기도 했다. 그는 무사했다. 너무 무사해서 이 글을 쓰고 있는 지금까지도 그는 캄보디아의 총리다. 아내와 나는 방콕에서 캄보디아 국경까지 버스로 이동한 다음, 걸어서 국경을 넘은 뒤 픽업트럭에 실려 시엠립까지 갔다. 그때의 일은 단편 「당신의 나무」에 그대로 담겨 있다.

방콕을 출발하여 국경도시 아란야프라텟에 도착, 간단한 입국수속을 밟고 캄보디아 땅에 들어섰을 때, 당신의 시간은 거꾸로 흐르고 있었다. 태국엔 당신의 이십대가 있었고 캄보디아엔 당신이 태어나기 이전의 시절이 있었다. 맨발의 소년들과 AK소총을 거꾸로 멘 군인들, 가도 가도 끝없는 황톳길. 하나의 선을 경계로 전혀 다른 세상이 있었다. 당신은 돌아보지 않았다. 주저없이 현지인들과 섞여 작은 짐칸이 달린 픽업트럭에 몸을 실었다. 일 톤 트럭보다 작은 차에 열여섯 명이 당신과 함께 올라탔다. 우기를 맞아 비포장도로는 군데군데 심하게 파여 있었고 차는 요동쳤다. 세 번쯤 자동차의 타이어가 터졌고 나무다리의 이음새가 무너지기도 했다. 그렇게 여섯 시간을 달려가는 동안 차창으로는 뿌

연 흙먼지가 쉼 없이 불어닥치고 일 톤도 채 안 되는 픽업트럭에 매달린 사람들은 떨어지지 않기 위해 아귀에 더욱 힘을 주고 있다.

운전사가 터진 타이어를 갈아끼우는 시간이 유일한 휴식시간이었고, 그때마다 당신은 차에서 내려 지평선까지 펼쳐진 열대의 논을 바라보았다. 젖은 담배에서 피어오르는 연기마저 시원했다. 먼지와 땀에 찌든 옷에선 모과 냄새가 났다.

어느새 자동차 주위엔 어린아이들이 몰려들었다. 머리에 버짐이 듬성듬성 핀 소녀에게서 대나무통에 넣고 찐 밥을 샀다. 당신은 거친 대나무 껍질을 벗기고 주먹밥처럼 굳게 뭉쳐진 밥을 베어 물었다. 사람을 그득 실은 픽업트럭 한 대가 먼지를 일으키며 사라져갔다. 거친 밥에 목이 메었다. 다리를 심하게 저는 운전사가 밝게 웃으며 어서 차에 타라고 재촉한다. 다시 짐칸에 올라타면서 당신은 생각한다. 무엇이 당신을 이리로 내몰았는가를.

사진 한 장 찍어둘 겨를이 없었지만 지금도 그 픽업트럭이 생생하게 기억난다. 국경에는 이런 픽업이 줄을 지어 서 있고, 여행자는 선택의 여지 없이 순서대로 배당된 차에 타야 한다. 일단 운전석에만 두 명이 탄다. 운전기사는 승객 가랑이 사이의 변속기어를 조작하며 운전한다. 조수석에도 세 명이 탄다. 안전벨트 같은 선진 문물은 잊어야 한다. 그렇게 앞자리에 다섯이 타고, 그 뒤에 여섯 명을 또 태운다. 그래도 이 열한 명은 고맙게도 비를 피하며 갈 수 있다. 요금은 오십 바트였다. 뒤의 짐칸에는 화물을 잔뜩 싣고, 그 위에 사람을 열 명도 넘게 태운다. 그러고선 비포장 험로를 여섯 시간 동안 달린다. 그러니 타이어가 계속 펑크가 날 수밖에. 가끔 총을 멘 사람들이 밀림에서 불쑥 튀어나와 통행료를 요구한다. 크메르 루주 잔당인가 싶어 긴장했지만 몇 번 겪고 보니 일종의 사설 유료도로 같은 것이었다. 무너진 다리를 보수하거나 폭우로 유실된 도로를 메우고 지나가는 차에 그 대가를 요구하는 것 같았다.

우리는 시엠립 시내의 게스트하우스에 묵었다. 육로로

들어오는 일이 나름 힘들었던지 나는 숙소에 도착하자마자 고열에 시달리며 몸살을 앓았다. 그렇게 이틀을 꼬박 앓았던 것 같다. 그후로는 오토바이를 타고 앙코르 일대의 유적지를 보러 다녔다. 오토바이와 기사를 하루종일 대절하는 비용은 단돈 오 달러였다. 아내는 뜨거운 오토바이 배기통에 종아리를 데어 화상을 입기도 했다. 여러모로 고생스런 여행이었다.

게스트하우스 주인은 해병대 출신의 한국 남자였다. 그런 사람이었기에 살아남을 수 있었을 것이다. 당시 시엠립 시내는 전기가 안정적으로 공급되지 않아서 게스트하우스나 식당들은 자가발전기를 가동해 필요한 전기를 만들어 썼다. 벙커시유 같은 질 낮은 기름이 불완전연소할 때 나는 매캐한 연기로 숨을 쉬기 어려울 정도였고, 소리는 소리대로 요란했다. 그래도 주인은 몸살을 앓는 나를 위해 매운 한국 라면을 끓여주었고, 그걸 먹자 기운이 좀 나는 것 같았다. 식당 구석에는 한국산 라면과 맥주 상자가 쌓여 있었다. 수완이 좋은 사내였다. 이십대 한국 여성이 주인을 도와 일을 하고 있었는데, 대화를 할 때는 밝고 환했지만 가끔 지나가다 혼자 있는 모습을 보면 멍하니 어딘가 먼 곳을 보고 있을 때가 많았다. 배낭여행을 시작한 지 오래되었다고 했다. 한국인이 운영하는 게스트하우스 같은 데서 일을 해서 여행비를 벌고, 그 돈으로 다시 다른 곳으로 떠나고, 그런 식으로 살아가고 있다고 했다. 어디어디를 여행했는지, 앞으로 어디를 돌아다닐지는 말하지 않았다. 서양의 백인들 중에 그런 식으로 몇 년을 떠도는 이들을 많이 보았지만, 해외여행이 자유화된 지 얼마 되지 않은 그 무렵에는 장기여행하는 우리나라 여성을 만나는 일은 흔치 않았다.

리베카 솔닛은 걷기와 방랑벽에 대한 에세이*에서 고대 그리스의 소피스트들에 대해 이야기하면서 생각으로 먹고 사는 사람들은 방랑하지 않을 수 없다고 적고 있다. 철학자의 머릿속에 들어 있는 것들, 이를테면 사상은 옥수수 같은 곡물과 달리 안정적인 수확을 기대하기도 어렵고

---

* Rebecca Solnit, *Wanderlust: A History of Walking*, New York: Penguin Books, 2001, p. 15.

모두가 좋아하는 것도 아니어서 한곳에 머물기 어렵다는 것. 인맥이나 터전에 얽매인 직업, 대표적으로 정치인이나 농민과는 다르다고 말한다.

발상은 무게가 없다. 지혜도 그렇다. 기술도 마찬가지. 그래서 이런 무형의 자산을 가진 사람은 어딘가에 붙들려 있을 필요가 없다. 자신을 필요로 하는 이들이 있는 곳으로 이동하는 것이 먹고 살기에도 유리했다. 마찬가지로 중국 춘추전국시대의 제자백가들도 자기를 알아주는 이를 찾아 천하를 유랑했다. 솔닛은 음악가(호메로스 같은 서사시인도 그 범주로 봐야 할 것이다)와 의사도 철학자와 마찬가지로 유랑생활을 했다고 말한다. 내가 어렸을 때만 해도 의사가 왕진을 가는 모습을 자주 볼 수 있었다. 구급차가 없던 시절, 움직이기 어려운 환자를 돌보려면 의사가 가방에 간단한 의료기구를 넣어 찾아가는 수밖에는 없었다. 그건 서양도 마찬가지였다. 에마 보바리의 남편 샤를도 왕진을 다녔다.

우리나라의 옛날 음악가나 이야기꾼들도 유랑했다. 영화 〈서편제〉는 장터를 따라 다니며 판소리를 해서 먹고 사는 부녀의 삶을 그렸다. 판소리는 호메로스와 같은 고대 서사시인들이 하던 것과 비슷하다. 음악에 이야기를 실어 청중에게 들려주는 것이다. 지금도 음악가들은 클래식과 대중음악을 막론하고 곳곳을 떠돌며 공연한다.

소설가는 어떨까? 나는 전업이니 어디 묶여 있지는 않다. 구상과 집필 능력은 무게가 없어 어디로든 지고 다닐 수 있다. 전 세계의 많은 작가들이 자신이 태어나고 자란 곳을 떠나 뉴욕이나 바르셀로나, 런던, 파리 등을 중심으로 활동하고 있다. 한때 나도 그런 삶을 꿈꾸었다. 그러나 그렇게 살 수 있는 작가들은 주로 영어나 스페인어를 쓰고 있었다. 마리오 바르가스 요사는 페루에서 태어났지만 마드리드에서 산다. 칠레 출신의 이사벨 아옌데는 캘리포니아에 거주하고 있다. 살만 루슈디는 뭄바이에서 태어났지만 런던을 거쳐 지금은 뉴욕에 정착했다. 작가의 뇌는 들고 다니기 어렵지 않지만, 그 뇌를 작동시키는 소프트웨어는 모국어로 짜여 있다. 작가는 모국어에 묶인다. 프랑스 작가 르 클레지오가 '나의 조국은 모국어'라고 말한 것도 그런 의미일 것이다. 그래서 망명이나 피난 같은 특수한 상황이 아니라면 마이너 언어권에 속한 작가는 모국어가 양수처럼 편안히 감싸주는 곳에 있으려 한다. 뉴욕에 머물 때는 인터넷 시대였고, 접속만 하면 모국어로 된 텍스트, 예컨대 뉴스나 블로그 등을 읽을 수 있었다. 컬럼비아대학의 도서관을 이용할 수 있었기 때문에 남한뿐 아니라 북한 자료까지도 쉽게 접근할 수 있었다. 그러나 그걸로는 충분하지 않았다. 언어가 창작의 연료라면, 그 연료에는 등급이 있다. 나의 동료 작가들을 만나는 일이 언제나 즐거운 것은 그들이 동시대 최고 수준의 언어로 독특한 화제들을 진부하지 않은 방식으로 말하기 때문이다. 언어는 쉴새없이 변하고, 언어에 민감한 이들은 시시각각 낡아가는 언어들을 금세 감별한다. 모국어의 바다를 떠나면 이런 변화가 잘 느껴지지 않고 언어의 신선도에 덜 민감해진다. 작가는 우렁찬 목소리보다는 작은 속삭임을 들을 수 있어야 한다. 자신 없는 음성으로 낮게 읊조리는 소심한 목소리에 삶의 깊은 진실이 숨어 있을 때가 많다. 그런 웅얼거림을 잘 들으려면 발화자 가까이에서 귀를 기울여야 한다.

'여행에서 영감을 얻으시나요?'라는 질문은 작가라면 한번쯤 받아보는 것이다. 여행에서 영감을 얻은 기억이 나는 거의 없다. 영감이라는 게 있다면 언제나 나의 모국어로, 주로 집에 누워 있을 때 왔다. '작가라 좋으시겠어요. 세계 어디에서도 쓸 수 있잖아요?' 같은 말도 자주 듣는다. 물론 세계 어디에서도 쓸 수는 있다. 『검은 꽃』은 과테말라의 안티구아에서 앞부분을 썼고, 『너의 목소리가 들려』는 뉴욕에서 시작해 거기서 끝냈다. 그러나 그게 전부다. 나는 많은 나라와 도시를 여행했고, 때로 한곳에서 몇 년 동안 머물기도 했지만, 지금까지 낸 스무 권이 넘는 책들 중에서 단 두 권만이 모국어의 영토 밖에서 쓰였다. 심지어 여행기도 집으로 돌아와 썼다. 영감을 얻기 위해서 혹은 글을 쓰기 위해서 여행을 떠나지는 않는다. 여행은 오히려 그것들과 멀어지기 위해 떠나는 것이다. 격렬한 운동으로 다른 어떤 것도 생각할 수 없을 때 마침내 정신에 편안함이 찾아오듯이, 잡념이 사라지는 곳, 모국어가 들리지 않는 땅에서 때로 평화를 느낀다. 모국어가 지금의 나를 만들었지만, 이제 그 언어의 사소한 뉘앙스와 기색, 기미와 정취, 발화자의 숨은 의도를 너무 잘 감지하게 되었고, 그 안에서 진정한 고요와 안식을 누리기 어려워졌다. 모국어가 때로 나를 할퀴고, 상처내고, 고문하기도 한다. 모국어를 다루는 것이 나의 일이지만, 그렇다고 늘 편안하다는 뜻은 아니다.

「당신의 나무」처럼 여행에서 겪은 일을 쓰기로 마음먹을 때도 있다. 그런 '영감'조차 집에 돌아왔을 때에야 떠오른다. 여행하는 동안에는 모든 게 현재시제로 서술된다. 과적 픽업트럭에 실려 이동하고, 오토바이 뒷자리에 타고 밀림 속으로 들어가고, 갑자기 나타난 거대한 유적의 규모와 그 유적을 부수어버릴 듯 맹렬히 자라고 있는 나무의 위용에 압도된다. 이 모든 것을 경험하는 나라는 주체가 있지만, 그 주체를 초월하는 생생한 현재가 바로 눈앞에 있다. 과거에 대한 후회와 미련, 미래에 대한 불안과 걱정은 원경으로 물러난다. 범속한 인간이 초월을 경험하는 순간이다. 자아가 지워지고 현재가 그 어느 때보다 커다란 의미로 육박해오는 이러한 초월의 경험은 시간이 충분히 흐른 뒤에야 언어로 기술할 수 있다. 언어로 옮

여행의 이유

겨진 후에야 비로소 그것은 '생각'이 되어 유통된다. 유통
되지 않고 재고로 남은 기억은 창고 깊숙한 곳에 묻혀 잊
혀진다. 고대 그리스와 달리 이제는 생각을 들고 몸소 돌
아다닐 필요가 없다. 그것은 책으로 묶여 도매상과 서점
을 통해 스스로 돌아다닌다.

생각과 경험의 관계는 산책을 하는 개와 주인의 관계와
비슷하다. 생각을 따라 경험하기도 하고, 경험이 생각을
끌어내기도 한다. 현재의 경험이 미래의 생각으로 정리
되고, 그 생각의 결과로 다시 움직이게 된다. 무슨 이유에
서든지 어딘가로 떠나는 사람은 현재 안에 머물게 된다.
보통의 인간들 역시 현재를 살아가지만 머릿속은 과거와
미래에 대한 후회와 불안으로 가득하다. 아침에 일어나
면 지난밤에 하지 말았어야 할 말부터 떠오르고, 밤이 되
면 다가올 미래에 대한 걱정으로 뒤척이게 된다. 후회할
일은 만들지를 말아야 하고, 불안한 미래는 피하는 게 상
책이니 결국 아무것도 하지 않은 채 미적거리게 된다. 여
행은 그런 우리를 이미 지나가버린 과거와 아직 오지 않
은 미래로부터 끌어내 현재로 데려다놓는다. 여행이 끝나

면, 우리는 그 경험들 중에서 의미 있는 것들을 생각으로 바꿔 저장한다. 영감을 좇아 여행을 떠난 적은 없지만, 길 위의 날들이 쌓여 지금의 나를 만들었다는 것을 부인할 수 없다. 그리고 지금의 나는 또다시 어딘가로 떠나라고, 다시 현재를, 오직 현재를 살아가라고 등을 떠밀고 있다.

여행하는 인간,
호모 비아토르

미래의 로봇들은 여행을 하게 될까? 인공지능이 지금보다 더 발전하고, 〈블레이드 러너〉(1982)에서처럼 로봇과 인간을 구별하기 어려운 그런 세상이 왔을 때, 로봇들은 지금의 인간들처럼 당장 자기 삶의 절실한 필요와는 별 상관없는 이유로 잘 알지도 못하는 먼 곳으로 길을 떠날까? 업무 출장이라면 혹시 모르겠지만, 인간들의 여름휴가나 배낭여행 같은 것을 로봇들은 하지 않을 것 같다. 이런 여행은 피곤하고 비용이 많이 들며 때로 위험을 초래한다. 로봇의 설계자는 이런 여행이 가능하지 않도록 만들 것이고, 만약 그런 일이 벌어진다 해도 소프트웨어 이상이나 기계의 반란으로 간주할 가능성이 크다.

그러고 보면 인류는 이상한 종족이다. 인터넷이 막 보급될 무렵 여러 미래학자들이 여행 수요가 줄어들 것이라 예견했던 것으로 기억한다. 이제 뉴욕이나 파리에 몸소 가지 않고도 자기 집 소파에서 충분히 다 구경할 수 있다고 생각했던 것이다. TV는 영화관을 대체할 것으로 예상되었다. 비디오플레이어가 대중화될 때도 비슷했다. 그러나 영화관을 찾는 관객수는 아직까지는 꾸준히 증가하고 있다. 여전히 사람들은 군이 옷을 차려입고 밖으로 나가 공기도 별로 좋지 않은 극장까지 가서 옆자리 사람의 팝콘 씹는 소리를 견디면서 영화를 보고 있다.

구글은 전 세계 유명 미술관을 실감나게 체험할 수 있는 프로그램을 오래전부터 운영 중이다. 인기 있는 미술관에서는 관람객에 치여 그림을 상세히 보기 어렵다. 구글 아트앤컬처 앱이나 웹사이트로 들어가면 세계의 유명 미술관을 마치 실제 들어가서 둘러보는 것처럼 360도로 가상 체험할 수 있는 코너도 있고, 전 세계에 흩어져 있는 페르메이르의 작품들을 마치 현미경으로 들여다보듯이 꼼꼼하게 살필 수 있는 코너도 있다. 직접 가지 않는다는 점만 빼면, 모든 면에서 현장에서 감상하는 것보다 낫다. 다리도 아프지 않고, 티켓 값도 아낄 수 있다. 그러나 우리는 떠난다. 가서 거기 있고 싶어하고 직접 내 몸으로 느끼고 싶어한다.

철학자 가브리엘 마르셀은 인류를 호모 비아토르Homo Viator, 여행하는 인간으로 정의하기도 했다. 인간은 끝없이 이동해왔고 그런 본능은 우리 몸에 새겨져 있다. 인류는 대형 유인원과 97퍼센트 이상 유전자를 공유하지만 그들과 결정적으로 다른 점이 있다. 고릴라, 오랑우탄, 침팬지 등은 활동량이 인간에 비해 현저히 적다. 그들은 하루의 대부분의 시간을 가만히 있는다. 열 시간 정도를 털을 고르거나 쉬고 아홉 시간에서 열 시간 정도를 잔다. 유인원을 연구한 학자들은 궁금했다. 어째서 이들은 운동이라고는 거의 하지 않는데 인간과 같은 대사증후군이나 심혈관 질환이 없을까? 동물원의 침팬지조차도 고혈압이나 당뇨병에 거의 걸리지 않는다고 한다. 그런데 인간은 왜 매일같이 엄청난 활동을 하지 않으면 병에 걸리는가? 유인원과 달리 초기 인류는 나무에서 내려와 걷고 뛰었다. 탄자니아의 하드자족은 하루 평균 9킬로미터에서 12킬로미터를 이동하는데, 이는 평균적인 미국인이 일주일 동안 걷거나 뛰는 거리와 비슷하다고 한다.

인류는 치타처럼 빠르지 않고, 사자처럼 날카로운 이빨과 발톱을 갖고 있지 않았다. 대신 인간에게는 무시무시한 이동 능력과 지구력이 있었다. BBC방송의 다큐멘터리 〈인간 포유류, 인간 사냥꾼Human Mammal, Human Hunter〉은 '인간은 특이한 타입의 포유류이다'라는 내레이션으로 시작한다.* 초기 인류의 사냥 방식을 엿볼 수 있는 이 다큐멘터리에서 칼라하리사막의 한 부족은 집단으로 쿠두 영양 사냥에 나서는데, 이들의 방식은 내가 지금까지 생각해왔던 것과는 많이 다르다. 그들은 사냥감의 냄새와 흔적을 따라 뛰고 또 뛴다. 목표를 무리에서 고립시키면

---

* 이 화제의 다큐멘터리 클립은 유튜브에서도 볼 수 있다. 이 글을 쓰고 있는 현재 조회수 550만을 기록하고 있다.

여행의 이유

서 추적을 계속한다. 땡볕 아래에서 그들은 무려 여덟 시간이나 영양을 쫓는다. 그들이 사냥감을 마침내 잡게 되는 것은 누군가 활을 잘 쏴서도 아니고, 창을 잘 던져서도 아니다. 영양은 탈진하여 무릎을 꿇고 주저앉는다. 그러면 그들은 창을 들고 사냥감 가까이 다가간다. 탈진한 영양은 모든 것을 포기한 듯, 자신을 집요하게 추적해온 포식자에게 몸을 맡기듯 눈을 끔뻑인다. 사냥꾼은 창으로 단번에 사냥감을 죽인 후, 흙을 뿌려 여덟 시간 동안 자신들의 추적을 따돌린 쿠두에게 존중을 표하고 머리와 몸을 정성스럽게 쓰다듬는다.*

2007년에 하버드대 고고학과와 유타대 생물학과 합동 연구팀은 원시 인류가 사냥감이 지쳐서 쓰러질 때까지 뛰

* 멕시코의 산악지대에 사는 라라무리 부족Rarámuri tribe도 이와 비슷한 런다운run-down 방식으로 사냥감을 끈질기게 추적하여 잡는 것으로 알려져 있다. 로레나 라미레스가 이 부족 출신으로, 2017년 4월 울트라 트레일 세로 로호 마라톤에서 전 세계 12개국에서 참가한 500여 명의 마라토너들을 제치고 우승해서 갑자기 유명해졌다. 더 놀라운 것은 무려 50킬로미터를 샌들만 신고 주파했다는 것이다. 심지어 무릎 아래로 내려오는 치마를 입은 채로였다. 첨단 러닝화도 신지 않았고, 땀을 쉽게 흡수해 배출해준다는 특수 소재의 운동복도 입지 않았다.

어서 쫓아가도록 진화했다는 것을 밝혀내 BBC 다큐멘터리와 비슷한 결론에 이른다.* 우리는 이 다큐멘터리를 통해 초기 인류가 어떤 존재였을지, 우리가 어떤 이들로부터 진화해왔을지를 알 수 있다. 인류는 걸었다. 끝도 없이 걷거나 뛰었고, 그게 다른 포유류와 다른 인류의 강점이었다. 어떤 인류는 아주 멀리까지 이동했다. 아프리카에서 출발해 그린란드나 북극권까지 갔고, 몽골에서 출발한 어떤 그룹은 얼어붙은 베링해협을 건너 아메리카 대륙으로 넘어가 마야와 잉카, 아즈텍 문명을 일구었다.

2003년에 나는 미국 아이오와대학에 머물고 있었다. 전 세계에서 온 작가들이 게스트하우스에 석 달간 함께 머물며 교류를 하는 프로그램이었다. 아이오와는 미국 중서부에 위치한 작은, 주로 옥수수와 대두 농사가 주력 산업인 따분한 곳이다. 그래도(혹은 그래서) 아이오와대학교는 창작 프로그램으로 유명하다. 글을 쓰기에는 이런 곳

* Daniel E. Lieberman and Dennis M. Bramble, 2007. "The Evolution of Marathon Running: Capabilities in Humans." *Sports Medicine* 37(4-5): pp. 288~290.

이 딱 좋다. 한눈을 팔 것이 전혀 없다. 미국 문학계를 종
횡할 작가 지망생들과 그들을 가르친 유명 작가들이 대학
이 위치한 인구 오 만의 소도시 아이오와시티를 거쳐갔
다. 태산 같은 무료함과 권태로 신음하는 작가들을 위해
주최측에서는 가끔 소풍을 주선했다.

　하루는 아메리카 원주민 유적을 보러 간다고 하길래 따
라나섰다. 『검은 꽃』을 출간한 직후였고, 그걸 쓰기 위해
과테말라의 티칼이나 멕시코 유카탄반도 일대의 대규모
마야문명 유적지를 다녀온 터였기 때문에, 아이오와평원
의 아메리카 원주민 유적은 유적이라고 할 것도 없어 보
였다. 에피지마운드 국립천연기념물Effigy Mounds National
Monument이라는 이름으로 불리는 이 유적은 옐로강에 면
해 있는 나지막한 언덕이었다. 그게 전부였다. 아이오와
가 유명 관광지가 아닌 것은 다 이유가 있다는 생각이 들
었다. 우리는 버스에서 내려 언덕을 올라갔다. 몇 달 동안
보아온 지평선에 지친 터라 그래도 초원과 굽이굽이 흐르
는 강이 내려다보이니 다들 좋아했다.

　"그들이 이 언덕을 쌓았어요."

안내를 맡은 아이오와 국제 창작 프로그램 관계자가 우리가 딛고 선 언덕을 가리키며 말했다. 아주 오래전 이곳에 살던 아메리카 원주민들이 멀리서 흙을 실어와 강가에 인공의 언덕을 만들었다는 것이다. 고도는 높지 않았지만 중장비도 없던 시절에 사람의 힘만으로 쉽게 쌓을 만한 높이는 아니었다.

"왜요?"

내가 물었다.

"기본적으로는 무덤이었죠. 선조들을 기리거나 그들의 정령과 소통하는 용도였다는 설도 있고요. 마운드빌더라고 불리는 이들은 수천 년 전부터 주로 미시시피강 동쪽에 이런 거대한 언덕들을 쌓고 신분이 높은 이들을 묻었대요. 아이오와주만 해도 꽤 돼요. 왜 하필이면 강가에, 왜 이렇게 큰 언덕을 인공으로 만들었는지 정확한 이유는 고고학자들도 아직 모른대요."

하지만 그게 뭔지 나는 바로 알 것 같았다.

"배산임수背山臨水네."

아무도 내 말을 알아듣지 못했고 나도 굳이 번역해주지

않았다. 동아시아의 어떤 민족들은 사람을 평지에 묻지 않고 산에 묻어요. 이왕이면 강이 보이면 좋지요. 그런 자리를 길하다고 생각하고 후손이 잘된다고 믿거든요.

장례 풍습은 대를 거듭해도 쉽게 바뀌지 않는다. 그래서 고고학자들은 매장의 풍습을 보고 그들이 어디에서 이주해왔는지를 추적한다. 대평원을 가로지르며 흐르는 강가에 정착한, 엉덩이에 푸른 반점이 있는 종족들은 신분이 높은 자가 사망하자 언덕을 쌓아야 한다고, 왠지는 모르지만 그렇게 해야 한다는 강한 압박을 느꼈을 것이다. 사람을 어떻게 강가에 묻나, 생각했을 것이다.

언덕 위에는 봉분들로 보이는 부드러운 융기들이 잔디로 덮여 있었다. 익숙한 풍경이었다. 경북 고령이나 부산 동래의 가야 고분군들이 바로 떠올랐다.* 그리고 끝없이 이동하는 인류의 운명에 대해서 다시 한번 생각했다. 유전자에 새겨진 이동의 본능. 여행은 어디로든 움직여야

* 곰이나 새 모양을 본떠 만든 무덤도 있다. 새는 시베리아와 만주, 한반도 북부의 샤먼들에게는 신의 메신저로 여겨졌다. 솟대가 그런 믿음의 흔적이다. 곰 숭배의 전통은 누구보다 한국인들이 잘 알고 있다.

생존을 도모할 수 있었던 인류가 현대에 남긴 진화의 흔적이고 문화일지도 모른다. 피곤하고 위험한데다 비용도 많이 들지만 여전히 인간은 여행을 포기하지 않고 있다. 아니, 인터넷 시대가 되면 수요가 줄어들 거라던 여행은 오히려 더욱 활발해지고 있다.

세계관광기구 통계에 따르면 인터넷이 아직 대중적으로 보급되기 전인 1995년에는 전 세계적으로 5억 2천만 명이 다른 나라로 여행을 떠났으나 2016년이 되면 12억 4천만 명으로 두 배가 넘게 늘어났다. 전 세계 항공 승객은 1995년에는 13억 명가량이었는데 2017년에는 39억 명으로 세 배나 폭증했다. 인류는 여행을 포기할 생각이 없을 뿐 아니라 기술이 발전하면 할수록 더 많이 이동하고자 한다는 것을 통계는 보여준다. VR이니 AR이니 하는 가상현실 기술이 여행을 대체하리라는 얘기도 어디선가 벌써 하고 있을 것 같지만 지금까지의 역사를 돌아볼 때, 그럴 가능성은 거의 없을 것 같다. 호모 비아토르는 지금 이 순간도 전 세계 곳곳에서 짐을 꾸리고 길을 떠나고 있다.

여행의 이유

알아두면 쓸데없는
신비한 여행

1

대학을 졸업할 무렵부터 그후로 군복무 기간을 제외하면 한 해도 거르지 않고 행장을 꾸려 여행을 떠났다. 그 많은 여행 중에서 가장 이상했던 여행은 무엇이었나? 아마 2017년과 2018년에 걸쳐 방영된 〈알아두면 쓸데없는 신비한 잡학사전〉이라는 TV프로그램과 관련한 일련의 여행들일 것이다. 왠지 호르헤 루이스 보르헤스의 단편에서 제목을 따왔을 것만 같은 이 프로그램은 제작과정도 보르헤스나 카프카의 소설처럼 기이하고 환상적인 구석이 있었다. 바로 이 프로그램에서 나는 "모든 여행은 끝나고 한참의 시간이 지난 후에야 그게 무엇이었는지를 알게 된다"고 말한 적이 있는데, 이 말은 이 프로그램에도 그대로 적용할 수 있다.

처음 이메일로 제안을 받았을 때는 여러 방면의 지식인들이 모여 자유롭게 대화를 하는 프로그램이라고 들었다. 그러나 막상 담당 프로듀서를 만나 처음으로 받았던 질문은 '여행을 좋아하세요?'였다. 살아오면서 참으로 많이 들었던 질문이지만, 언제나 깊이 생각하게 되고, 그러다 결국은 미적지근한 대답을 내놓게 되는 질문이 바로 이것, '여행을 좋아하세요?'였다. 매년, 때로는 한 해에도 여러 차례 여행을 떠나온 게 벌써 이십 년이 넘었고, 사람은 말이 아니라 행동으로 규정되는 존재이니 그런 측면에서 보자면 나는 분명 여행을 좋아하는 정도가 아니라 여행 없이는 못 사는 사람처럼 보인다. 그런데 막상 질문을 받으면 늘 망설이게 된다. 담배를 피울 때도 그랬다. 하루에 한 갑 이상씩 피웠지만 누군가 '담배 좋아하시나봐요?'라고 물을 때면 늘 주저하게 되었다. 그렇다면 나에게 여행은 일종의 중독인가? 그럴 수도 있다. 〈알아두면 쓸데없는 신비한 잡학사전〉(이하 '알쓸신잡')은 여행 프로그램이다. 출연자들은 다른 도시로 간다. 그리고 돌아온다. 가기는 함께 가지만 도시에 도착하면 흩어져 개별적인 여행을 한다. 저녁에는 식당에 모여 대화를 한다. 모든 대화가 그렇듯이 이 대화들은 가지를 치며 전혀 다른 방향으로 튀기도 한다(아니, 대부분 그렇게 된다). 우리는 밤늦게 혹은 다음날 아침에 서울로 돌아온다. 함께 떠났던 이들이 각자의 여행을 하고 저녁에 만나 대화하는 게 흔한 일은 아니지만 크게 이상한 것도 아니다. 이 여행의 이상함은 출연자와 제작진, 시청자가 이 여행을 어떻게 경험하는지에 있다.

시즌1의 첫 촬영지는 경상남도 통영이었다. 버스를 타고 내려가면서도 우리 출연자들은 제작진들로부터 어떤 지시도 받지를 못했다. 그들이 거듭하여 한 말은 '알아서 여행하시라'는 것이었다. 다른 사람과 동행하고 싶으면 하고, 혼자 가고 싶으면 가고, 마음대로 하라는 것이었다. 정해진 시간에 저녁식사 자리로 돌아오기만 하면 되는 것이었다. 우리는 사파리에 풀어놓은 별로 위험하지 않은 동물인 셈이었다. 우리가 알아서 돌아다니면 제작진이 그걸 찍을 거라고만 했다. 출연자들은 모두 뿔뿔이 흩어져 일단 점심을 먹으러 갔고, 거기서부터 각자의 여행을 시작했다. 그 순간 이 프로그램의 중요한 특성이 정해졌다.

나는 부두 근처 중국집에서 해물짬뽕으로 점심을 해결하고 렌터카를 운전해 통영국제음악당이나 박경리기념관 등을 혼자 돌아다녔다. 보통 내가 다닌 곳을 기록하고 나중에 편집에 참고하기 위해 카메라 감독 한 사람과 프로듀서, 방송작가가 동행한다. 프로듀서도 카메라를 들고 따라다니면서 카메라 감독이 찍지 못하는 각도에서 화면을 잡는다. 렌터카에는 이미 여러 대의 소형 카메라가 차의 보닛 위와 차량 내부에 설치돼 있다. 아침에 모이는 순간부터 출연자의 일거수일투족, 모든 발언이 녹화되고 녹음된다. 아침에 모여 보통 자정까지 진행되다보니 출연자 한 명당 많으면 열여덟 시간 분량의 영상 파일이 여러 대의 카메라에 각각 남는다. 여행이 끝나고 서울로 귀환하면 프로듀서들은 이 영상들을 보며 편집을 시작한다. 리뷰만 하는 데도 엄청난 시간이 걸릴 것이다. 토요일에 여행을 가고 일요일 오전에 돌아와 편집을 시작한다면 남은

여행의 이유

시간은 닷새 정도다. 그 닷새 동안 일단 모든 영상을 보아야 하고, 그중에서 뭘 담을지 뭘 버릴지를 결정해야 한다. 출연자 각자가 열여덟 시간씩 한 여행을 줄여 한 시간 반짜리 프로그램으로 만들어야 한다. 저녁식사 대화 분량만 해도 보통 다섯 시간이다. 가장 길었던 시즌3의 진주 편은 무려 일곱 시간이었다. 그리고 출연자들이 한 말이 사실과 부합하는지를 확인해야 한다. 사소한 세부가 틀리다면 자막으로 보완할 수 있지만 아예 사실관계가 어긋난다면 아깝더라도 분량을 날려야 한다. 애초에 대본 같은 게 존재하지 않기 때문에 출연자의 발언 중에는 틀린 말도 나올 수밖에 없다. 그리고 토크 중에서 시청자가 쉽게 이해하기 어려운 부분은 컴퓨터그래픽으로 영상을 따로 제작하여 집어넣어야 한다. 자막도 만들어 깔아야 한다. 이 모든 일이 닷새 안에 이뤄져야 하는 것이다. 제작진은 이 방대한 분량의 여행 기록을 정리하고 편집하고 사실관계를 확인한 후, 거기에 적절한 자막을 다는 일만 해도 어마어마해서 거의 매일 밤을 새우다시피 하며 일한다. 그러면서 동시에 다음 여행지를 준비해야 한다. 제작진 일부는 다음 여행지에 먼저 가서 출연자들이 갈 만한 곳들을 미리 살펴보고 저녁 토크를 하기에 적당한 식당을 정하게 된다. 이 모든 일들은 금요일 저녁에는 반드시 끝나야 한다. 이윽고 정해진 방송 시간이 되면 제작진은 방송국에서, 출연자들은 자기 집에서 최종적으로 완성된 편집본을 보게 된다(때로 제작진은 방송 중에도 후반부 분량을 편집하기도 한다고 들었다. 그 정도로 시간에 쫓긴다).

이 여행이 매우 이상하다고 느낀 것은 바로 이 순간, 완성된 프로그램이 방영되는 매주 금요일 밤이었다. 그전까지 나의 모든 여행은 확고하게 일인칭이었다. 나의 시점에서 세상을 보고 느끼고 경험하는 것이다. 당연히 내 모습은 잘 보이지 않는다.

일본의 한 코미디언이 비싼 포르셰를 샀지만 막상 자기가 운전을 해보니 포르셰가 달리는 모습을 볼 수가 없더라, 그래서 친구에게 포르셰를 운전하라고 시킨 뒤 택시를 타고 따라갔다는 얘기가 떠오른다. 그가 택시 기사에게 저기 가는 저 포르셰가 자기 차라며 정말 멋지지 않느냐며 자랑을 하자, 택시 기사는 어이없어하며 그런데 왜 택시를 탔느냐고 물었다. 그는 이렇게 말했다고 한다. "바보 아니세요? 내 차에 타면 포르셰가 안 보이잖아요?"

여행자와 마찬가지로 운전자는 일인칭이다. 자동차는 그렇게 설계돼 있다. 운전을 하는 자기 모습을 보는 것보다 차 주변에서 벌어지는 일을 주시하는 것이 훨씬 중요하기 때문이다. 여행도 마찬가지. 멋진 곳에 가서 놀라운 것을 경험하지만 본질적으로 그것은 일인칭의 경험이다. 그런 아쉬움 때문에 셀카를 찍어보지만, 셀카는 기본적으로 일인칭의 거울상으로 나타난다. 내가 렌즈를 보면 렌즈가 나를 찍는 것. 완벽한 삼인칭이 되지는 못한다.

그런데 〈알쓸신잡〉 같은 여행 프로그램의 출연자가 되면 나는 '여행을 하는 나'를 삼인칭 시점으로 보게 된다. 여러 대의 카메라가 한순간도 놓치지 않고 나를 찍기 때문에 그 시선으로부터 벗어날 수 없다. 열여덟 시간 동안 했던 말과 행동 중에서 일부가 적나라하게 눈앞에 나타난다. 나는 조금은 부끄러운 기분이 되어서 화면을 바라본다. 사람들은 거울을 볼 때 무의식적으로 자신이 가장 좋아하는 각도로 얼굴을 돌린다고 한다. 그래서 무방비 상태에서 찍힌 스냅 사진을 볼 때 그게 자기 모습이 아니라고 여기게 된다고 한다. 그런데 열여덟 시간을 동영상으로 찍힌다면? 예상치 못한 각도에서 예상치 못한 모습으로 찍힌 자기 모습을 처음으로 보게 된다. 화면 속의 나는 여행 중이다. 제작진이 묻는 말에 대답을 하거나 뭔가를 그들에게 설명하기도 한다(그들은 대체로 화면 프레임 밖에서 목소리로만 존재한다). 별 의미 없는 말을 하거나 오리 배의 페달을 밟거나 연락선 갑판에 누워 있기도 한다. 그런 모습으로 여행 중인 나의 모습을 한참의 시간이 흐른 후에 나 자신이 보게 되는 것이다.

다른 출연자의 여행도 그때에야 비로소 보게 된다. 촬영 중에는 대체로 다른 출연자의 여행에 대해 들을 뿐이다. 그가 실제로 뭘 보았는지는 전적으로 그의 말에 의존해야 한다. 따라서 한 출연자가 다른 출연자에게 자신의 개별적인 여행에 대해 흥미를 느끼게 하려면 자신이 보고 들은 것을 잘 말해야 한다. 다른 출연자들은 그의 말을 듣고 가보지 않은 그곳을 상상할 뿐이다. "아, 그래요?" 같은 반응을 보이면서. 여행으로서의 〈알쓸신잡〉의 또하나의 이상한 점은 바로 이 간접성에 있다. 분명 함께 여행을 갔는데도 저녁식사 자리에서 가장 많이 하게 되는 것은 다른 출연자의 여행 이야기를 듣는 것이다.

그런데 이것은 프로그램을 최종적으로 편집하는 프로듀서도 다르지 않다. 진행을 총괄하는 프로듀서와 작가는 보통 저녁 토크 장소를 세팅하며 오후 시간을 보낸다. 가끔 출연자와 함께하기는 하지만, 그래봤자 한 출연자의 여행에 잠깐 동행하는 것이 고작이다. 총괄 프로듀서는 출연자와 동행한 카메라 감독이 찍어온 영상을 통해서 여행을 간접적으로 경험한다. 그런데 그 모든 여행을 다 리뷰할 수는 없을 것이다. 열여덟 시간 곱하기 4를 하면 무려 72시간이 된다. 여기에서 일종의 카프카적 상황이 발생한다. 수십 명이 프로그램에 관여하지만 이 여행의 전부를 경험한 사람은 아무도 없다.

시즌1의 두번째 촬영지는 전남 보성이었다. 두 회째를 찍고 있었지만 그때는 아직 첫 회가 송출되기 전이었다. 우리는 자유롭게 여행하고 끝없이 대화를 계속하고 있었지만 과연 이래도 되는 건지, 결과물은 어떻게 나올 것인지가 궁금하기는 했다. 벌교읍에서 녹화를 하다가 쉬는 시간이 되자 한 출연자가 제작을 총괄하는 프로듀서와 작가에게 물었다. 도대체 어떤 프로그램이 될 것 같은가? 우리는 과연 잘하고 있나? 출연자들은 아직 삼인칭으로 찍힌 자신의 모습, 편집이 완료된 영상을 보지 못한 상태였다. 여행을 하라고 해서 여행을 하고 있고, 대화를 하라고 해서 대화를 하고 있지만, 이 모든 게 방송으로 나갈 것도 아니고 아주 적은 부분만 편집되어 나갈 것인데, 그렇다면 제작진은 이 방대한 분량 중에서 어떤 부분을 선택할 것인가. 궁금하지 않을 수 없었다. 그러나 수많은 예능 프로그램을 만들어오고 성공시킨 화려한 경력의 이 프로듀서와 작가는 거듭하여 말했다. 자신들도 모른다고. 편집을 해봐야 안다고 했다. 질문을 한 출연자는 답답해했지만 그들도 모른다는 말은 진심이었을 것이다. 그들 역시 후배 프로듀서들이 편집해서 올린 분량을 보아야 각 출연자들이 어디를 어떻게 여행하고 무슨 말과 행동을 했는지를 알게 될 것이고, 그것들을 모두 자르고 붙여보아야 비로소 프로그램의 성격을 짐작할 수 있었을 것이다. 후배

여행의 이유

프로듀서가 재미가 없다고 생각해 처음부터 누락시킨 분량이 있다면 최종적으로 편집하는 프로듀서는 아예 그런 부분이 존재했다는 것도 모를 수밖에 없었다.

프란츠 카프카의 소설 『성』에는 성을 찾아가는 건축기사 K가 등장한다. 그는 거듭하여 묻는다. 성은 어디에 있냐고. 사람들은 여기 또는 저기를 가리키는데, 때로 어떤 사람은 그가 이미 성에 들어와 있다고 말한다. 우리는 함께 어떤 프로그램을 만들고 있고, 어떤 면에서는 이미 그 프로그램 안에 들어와 있다고도 할 수 있지만, 자신이 그 프로그램 안 어디쯤 있는지를 모른다. 자신이 지금 한 말과 행동이 최종 편집을 거쳐 시청자에게 전달될 수도 있고, 흔적 없이 사라져버릴 수도 있다. 분량으로 볼 때, 열여덟 시간 동안 출연자가 하는 말과 행동의 대부분은 사라진다. 그럴 때, 출연자는 아직 카프카의 '성' 밖에 있다고 말할 수 있다. 그러나 아주 드물게 출연자는 자기도 모르게 '성' 안에 들어와 있지만 자신은 그걸 알지 못할 수 있다. 아니, 제작진 그 누구도 그 순간에는 알지 못한다. 그것은 미래에 결정된다. 그러므로 편집이 완료된 프로그램이 방송되기 시작해서야 출연자는 비로소 자신이 일종의 카프카적 상황에 던져졌다는 걸 깨닫게 된다. 그러나 할 수 있는 일이 없다. 현장에서는 출연자에게 뭔가를 지시하는 경우가 거의 없는데, 그것은 제작진도 모르기 때문일 것이다. 출연자의 어떤 발언이 당시로서는 무의미할지 몰라도, 편집을 통해 다른 출연자의 발언과 붙여놓으면 새로운 콘텍스트가 생겨날 수 있다. 반대로 현장에서는 재미있었던 이야기도 프로그램 전체 맥락과 동떨어져 있으면 제작진은 이를 버릴 것이다. 이 모든 것은 방송을 하루나 이틀 앞두고야 결정될 것이다. 현장에서는 모두가 암흑과 무지 속에서 성을 찾아 나아가고 있을 뿐이다.

그러니까 〈알쓸신잡〉이라는 이 이상한 여행은 화면에서는 밝고 유쾌하고 떠들썩한 나들이처럼 보일지 몰라도 그 안으로 깊숙이 들어가면 '성'을 향해 나아가는 건축기사 K나 조지프 콘래드의 『암흑의 핵심』의 여정을 닮았다고 할 수 있다. 이런 상황 속에 던져진 출연자는 태도를 선택하지 않을 수 없다. 〈알쓸신잡〉의 출연자들은 대부분 방송 경험이 많지 않은 지식인들로 구성해왔기 때문에 전문 방송인과는 다를 수밖에 없다. 우리는 리얼리티 여행 프로그램이라는 낯선 세계에 말 그대로 던져졌다. 방송을 하기 전에 자신이 세계를 대해왔던 방식으로 헤쳐나갈 수밖에 없다.

어떤 출연자는 상황을 통제하고 싶어한다. 최소한 한 명 정도는 프로그램이 어떻게 편집될지를 미리 알고 있다고 가정하는 것이다. 사전에 제작진에게 프로그램의 성격과 편집 방향에 대해 묻고, 방송된 프로그램은 잘 분석하여 최선의 행동을 취하려고 한다. 실험실적 환경에서 변수를 통제하며 오염되지 않은 결과를 추구해왔던 출연자들은 아무래도 근대성에 기대 이 카프카적 상황을 극복하려는 것 같았다.

반면 카프카의 관점을 따르는 출연자도 있다. 카프카는 일련의 작품들을 통해 현대의 복잡한 시스템 속에서 누구도 자신이 어디에 있고, 어디를 향해 가는지를 알기 어렵다는 것, 아니 그 목적지가 과연 존재하기나 하는지조차 모른다고 보았다. 그런 관점에서 선택할 수 있는 태도는 일종의 불가지론이다. 어차피 알 수 없다는 것. 많은 것들이 그저 우연으로 결정된다는 것. 이런 태도로는 불가능한 것을 통제하려는 충동은 줄일 수 있겠지만, 필연적으로 어찌할 수 없는 무력감에 사로잡히게 된다.

그래서 방송을 오래하는 전문적인 방송인들도 두 유형으로 갈라지는 것 같았다. 한 부류는 어떻게든 프로그램에 대한 통제력을 잃지 않으려는 이들이다. 자신의 노력과 결과 사이에서 작은 인과관계라도 찾아내면 된다. 완벽하지는 않지만 앞으로는 더 잘 통제하게 되리라는 희망을 버리지 않는 태도. 이것은 르네상스 이후에 인류가 선택해온 길이다. 합리성을 믿고, 과학적 진보를 통해 세계와 인간을 변화시키고 개선할 수 있다는 믿음. 바로 근대성이다.

또다른 부류는 바로 무조건적 믿음에 의탁하는 이들이다. 유능하고 신망이 있는 프로듀서와 그 팀을 믿는 것이다. '아무개 피디라면 믿을 수 있어'라는 말을 나는 자주 들었다. 르네상스 이전의 인간들을 지배하던 태도, 다시 말해 절대적 믿음으로 회귀하는 것이다.

나에게도 두 가지 면이 다 있었다. 때로는 예측을 통해 결과를 통제하고 싶기도 했고, 그냥 제작진을 전적으로 믿어버리고 싶은 순간도 있었다. 하지만 전체적으로 나는 에피쿠로스나 스토아학파의 입장에 가까웠다. 말하자면 이런 것이다. 과거는 이미 지나갔다. 미래는 아직 오지 않았고 알 수도 없다. 그렇다면 그냥 현재를 즐기자. 현재는 무엇인가. 그것은 내가 여행을 하고 있다는 것, 그리고 사람들과 마주 앉아 다양한 주제로 대화를 하고 있다는 것. 미래는 포기하고 현재에 집중하자고 생각했고 그것은 사실 내가 모든 여행에서 택하는 태도이기도 했다.

내가 여행을 정말 좋아하는 이유 중 하나는 과거에 대한 후회와 미래에 대한 불안, 우리의 현재를 위협하는 이 어두운 두 그림자로부터 벗어날 수 있기 때문이다. 여행하는 동안 우리는 일종의 위기 상황에 처하게 된다. 낯선 곳에서 잘 모르는 사람들 사이에서 먹을 것과 잘 곳을 확보하고 안전을 도모해야 한다. 오직 현재만이 중요하고 의미를 가지게 된다. 스토아학파의 철학자들이 거듭하여 말한 것처럼 미래에 대한 근심과 과거에 대한 후회를 줄이고 현재에 집중할 때, 인간은 흔들림 없는 평온의 상태에 근접한다. 여행은 우리를 오직 현재에만 머물게 하고, 일상의 근심과 후회, 미련으로부터 해방시킨다. 그래서 나는 이렇게 정리했다. 그래, 나는 여행을 하고 제작진은 프로그램을 만들고, 시청자는 그중 아주 일부를 보게 되겠지. '성'이 어디에 있는지 찾아다니지 말고 그냥 지금 이 순간을 즐기자. 이 순간은 유일하며 다시 오지 않는다. 그러자 마음이 조금, 아니 꽤 많이 편해졌다.

시즌1이 끝나자 한가한 날들이 다시 찾아왔다. 나는 시즌 중에는 보지 못했던 몇몇 회차들을 다시보기로 시청하기 시작했다. 시청자의 입장이 되어 삼인칭으로 나 자신을 보는 것도 흥미로운 경험이었지만, 다른 출연자가 여행하는 모습을 보는 게 무엇보다 재미있었다. 나 역시 그 출연자가 다녀온 곳을 처음 보는 셈이었다. 저녁 토크 장소에서 말로 듣기는 했으나 충분히 머릿속으로 그려지지는 않았던 곳들이 많았다. 그런데 화면으로 보니 토크에서 했던 그들의 말이 좀더 생생하게 느껴졌다. 나 역시 시청자와 마찬가지로 다른 출연자들을 통해 한 도시를 간접적으로 여행하고 있는 셈이었다. 분명 그들과 함께 아테네, 전주, 피렌체, 부산 등을 다녀왔지만 내가 다녀온 곳은 그 도시의 극히 일부에 지나지 않았다. 그것은 그들도 마찬가지였다. 그렇다면 우리는 과연 그 도시를 다녀왔다고 말할 수 있는 것일까? 그것은 마치 금강산 유람을 떠난 조선시대의 양반이 높은 봉우리는 하인을 시켜 다녀오게 한 것과 같은 것이 아닐까? 실제로 동서양을 막론하고 20세기 이전에는 힘든 여행은 아랫사람을 시키고 지체가 높은 이들은 유람의 범위를 벗어나는 모험은 삼가왔다. 21세기의 우리는 남을 시켜 좋은 구경을 하고 오게 하고 나중에 이야기만 전해 들었던 유럽의 귀족이나 조선의 양반을 비웃지만, 과연 우리는 그들과 얼마나 다를까?

2

프랑스의 철학자 피에르 바야르는『여행하지 않은 곳에 대해 말하는 법』이라는 유쾌한 책에서 이런 여행을 '비非여행' 혹은 '탈脫여행'이라 불렀다. 바야르는 이마누엘 칸트가 단 한 번도 자신이 사는 쾨니히스베르크를 벗어나지 않았으면서도 지리학 강의를 열었던 것을 이런 비여행의 예로 든다. 또한 그는 쥘 베른의 『80일간의 세계일주』의 주인공 필리어스 포그를 소환한다. 필리어스 포그는 80일 간 세계를 일주하기는 하지만 우리가 전통적으로 여행이라 부르는 행위를 하지 않는다. 예를 들어 그는 수에즈에 도착하지만 배에서 내리지 않고 선실에만 머문다.

그러고 나서 그는 점심을 선실로 가져오게 했다. 도시를 구경한다는 것은 생각조차 하지 않았다. 그는 여행하는 나라를 하인들로 하여금 둘러보게 하는 그런 영국인 족속이기 때문이다.*

그의 목표는 각각의 여행지에 최소한의 시간만 머무는 것이다. 그러나 그가 자신이 통과한 지점들을 모르는 것은 아니었다. 그는 누구보다도 지리학에 통달한 사람이었

---

* 쥘 베른, 『80일간의 세계일주』. 피에르 바야르, 『여행하지 않은 곳에 대해 말하는 법』(김병욱 옮김, 여름언덕, 2012), 46쪽에서 재인용.

여행의 이유

다. 바야르는 오히려 필리어스 포그의 이런 태도는 여행지의 디테일에 함몰되지 않고 총체적 시각을 갖는 데 도움이 된다고 생각했다.

여행을 하는 동안 내내 자신의 선실 안에 머문다는 이 관념은 우리가 어떤 장소에 접근할 때 중요한 것은 상상력과 성찰이라는 점을 부각시킨다. 자신이 통과하는 나라들에 대해 포그는 그곳을 방문하여 귀중한 시간을 낭비하지 않기 때문에 그만큼 더 강력하게 바로 그런 활동들에 완전히 전념할 수 있는 것이다.*

하지만 이런 '비여행'보다 〈알쓸신잡〉에 가까운 것은 이른바 '탈여행'이다. 탈여행은 믿을 만한 정보원을 시켜 여행을 대신하게 하는 것이다. 바야르는 에두아르 글리상이라는 작가를 예로 든다. 그는 노년에 이스터섬에 대한

---

* 피에르 바야르, 『여행하지 않은 곳에 대해 말하는 법』, 김병욱 옮김, 여름언덕, 2012, 59쪽.

책을 한 권 쓰기로 했으나 건강이 허락하지 않자 아내인 실비 세마를 대신 보낸다. 그리고 아내가 찍어온 사진과 메모, 인상, 동영상 등을 바탕으로 글을 쓴다. 바야르는 이런 분업에 대해 이렇게 말한다.

> 육체와 정신의 분리를 가능케 하는 이 현명한 방법에는 분명 여러 가지 이점이 있는데, 그렇게 하면 모든 물리적인 위험은 한 사람이 떠맡고 다른 한 사람은 그 장소에 대한 정확한 통찰과 글을 통한 재구성이라는 본질적인 작업에 헌신할 수가 있다.*

다른 사람을 시켜 대신 여행하게 하고 자신이 나중에 그것을 재구성하는 데에는 어떤 이점이 있을까? 바야르에 의하면 그것은 '어떤 타자를 감수한다는 것'이다. 스스로 여행했을 때에는 놓칠 수 있는 것을 타인을 통해 경험하는 것, 타인이 놓쳤을 어떤 것을 상상력을 동원해 복원

* 같은 책, 65쪽.

여행의 이유

하는 것, 이런 것들이 우리의 정신을 풍요롭게 만든다고
보았다.

자기 속에 타자의 관점을 지니는 것, 그 대상이 장소
일 경우 그것은 전통적으로 여행과 결합된 경험—전
능全能의 환상 속에서 미지의 세계를 지배하고자 하는—
에 대립되는 경험을 하는 것이다. 정신을 풍요롭게 해주
는 이 경험을 우리는 탈脫여행이라 명명할 수 있을 터.*

우리는 흔히 어떤 곳을 여행하고 왔다고 말하지만 우리
가 그 도시의 전부를 속속들이 다녀온 것은 아니다. 설령
그 도시의 주민이라 할지라도 그 도시의 전부를 알지 못
한다. 나 역시 서울에 살고 있지만 그중에서 내가 알고 있
는 지역은 아주 한정돼 있다. 그런데도 외국인이 서울에
대해 물으면 마치 서울의 모든 것을 아는 사람처럼 행세
한다. 때로는 서울에 대해 책을 읽은 외국인이 나보다 더

* 같은 책, 75쪽.

정확하게 총체적으로 내가 살고 있는 도시를 알고 있을 때가 많다. 오히려 나는 서울에 대한 책을 거의 읽지 않기 때문이다. 바야르의 말처럼 우리는 간접적으로 타자를 통해 좀더 깊이 있는 여행을 경험한다. 〈알쓸신잡〉은 이중, 삼중으로 탈여행을 수행한다. 제작진들은 영상을 편집하는 과정에 이르러서야 출연자들의 행적을 종합할 수 있었다. 나 역시 현장에서는 이야기로만 들은 다른 출연자들의 여행을 몇 주 후에나 영상으로 뒤늦게 확인할 수 있었다.

바야르 식으로 말하자면, 누구보다 이 여행을 가장 총체적으로 체험하게 되는 이는 자기 집 거실 소파에 누워 있는 시청자들이다. 시청자는 출연자들이 뿔뿔이 흩어져 하루종일 여행한 경험에서 제작진이 세심하게 선별하고 거기에 컴퓨터그래픽과 자막을 입힌 한 시간 반가량의 프로그램으로 본다. 많은 분량이 편집과정에서 사라졌지만 그렇기 때문에 세부에 함몰되는 위험이 줄어든다. 제작진과 출연자들이 그 도시에 대해서 하고 싶은 말에 더 집중하게 된다. 시청자는 영국의 귀족이나 조선의 양반들처럼 출연자를 어떤 도시에 대신 보낸 후, 그것을 제작진으로 하여금 기록하고 편집하게 한 후, 여행의 정수만 느긋하게 경험한다. 바야르가 말한 탈여행은 이제 책으로뿐 아니라 TV 여행 프로그램으로도 구현된다. 제작진은 출연자들이 겪은 카프카적 카오스를 시청자가 의미 있게 받아들일 수 있는 코스모스로 재현한다. 이것은 모든 대리 여행자들, 혜초와 마르코 폴로, 연암을 비롯한 동서고금의 여행서 저자들이 오랫동안 해오던 일이며, 인터넷으로 정보가 넘쳐나는 21세기에도 수많은 여행 안내서와 여행 에세이가 사라지지 않는 이유일 것이다.

영어에는 'armchair traveler'라는 표현이 있다. 우리말로 바꾸자면 '방구석 여행자'쯤 될 것이다. 편안한 자기 집 소파에 앉아 남극이나 에베레스트, 타클라마칸사막을 탐험하는 여행자를 조금은 비꼬는 표현이다. 하지만 우리 모두는 어느 정도는 모두 '방구석 여행자'이다. 우리는 여행 에세이나 여행 다큐멘터리 등을 보고 어떤 여행지에 대한 환상을 품는다. 그리고 기회가 되면 그곳을 다녀온다. 그러나 일인칭으로 수행한 이 '진짜' 여행은 시간과 비용의 문제 때문에 제한적일 수밖에 없다. 그래도 우리는 모두 그곳을 '다녀왔'다고 생각한다. 그리고 조금 시간이 지나 우리는 또다른 여행서나 TV의 여행 프로그램을 통해 우리가 이미 다녀온 곳을 그들이 여행하는 모습을 읽거나 보게 된다. 나와는 다른 그들의 느낌과 경험이 그들의 언어로 표현되어 내 여행의 경험에 얹힌다. 여행의 경험은 커켜이 쌓여 일송의 숙성과정을 거치며 발효한다. 한 층에 간접경험을 쌓고 그 위에 직접경험을 얹고 그 위에 다시 다른 누군가의 간접경험을 추가한다. 내가 직접 경험한 여행에 비여행, 탈여행이 모두 더해져 비로소 하나의 여행 경험이 완성되는 것이다.

내 발로 다녀온 여행은 생생하고 강렬하지만 미처 정리되지 않은 인상으로만 남곤 한다. 일상에서 우리가 느끼는 모호한 감정이 소설 속 심리 묘사를 통해 명확해지듯, 우리의 여행 경험도 타자의 시각과 언어를 통해 좀더 명료해진다. 세계는 엄연히 저기 있다. 그러나 우리가 그것을 어떻게 인식하고 받아들이는가는 전혀 다른 문제다. 세계와 우리 사이에는 그것을 매개할 언어가 필요하다. 내가 내 발로 한 여행만이 진짜 여행이 아닌 이유다.

　　　　　　　　　　　　　　여행의 이유

그림자를 판 사나이

1

 2011년 가을에 나는 뉴욕에 있었다. 그 무렵 뉴욕의 가장 큰 이슈는 단연 '월가를 점령하라Occupy Wall Street' 시위였다. 월가 인근의 주코티공원에서 시작된 이 시위는 월가를 '점령'하는 데는 성공하지 못했지만 꽤 오랫동안 전 세계의 주목을 끌었다. 2008년의 금융위기는 월가의 금융회사들로부터 촉발되었고, 그로 인해 전 세계가 고통을 겪었다. 많은 사람들은 월가 금융기업들의 무분별한 탐욕을 제한해야 한다고 생각했다. 아니, 그들은 처벌을 받아야 한다고 믿었다. 그러나 처벌은커녕 그들은 보상을 받았다. 대규모 공적 자금이 거대 금융기업들의 파산을 막기 위해 투입되었고, 이 와중에도 거액의 연봉과 보너스를 챙겨간 경영진들이 여론의 질타를 받았다. 이런 분위기가 '월가를 점령하라' 시위로 이어졌다.

내가 살던 곳에서 지하철을 타면 시위가 벌어지던 주코티공원까지 약 삼십 분 정도가 걸렸다. 나는 소풍이라도 가는 마음으로 작은 배낭을 메고 맨해튼 최남단, 네덜란드인들이 처음으로 도시를 건설한 뉴욕의 원형으로 향했다(월스트리트의 월wall은 이 최초 개척자들이 쌓은 성벽에서 유래했다. 17세기에 영국인들에 의해 철거되기 전까지 이 거리는 강고한 성벽이었다. 당시 이 도시는 뉴욕이 아니라 뉴암스테르담으로 불렸다. 네덜란드인들은 철두철미한 상인이었고 그 정신은 벽이 허물어진 뒤에도 거기 그대로 남았다).

시위 현장은 내가 상상했던 것과 많이 달랐다. 나름의 온갖 주장을 담은 피켓(주로 골판지 상자를 오려내 거기에 매직펜으로 쓴 것들이었다)을 들고 무질서하게 모여 있었다. 통일성도 없었고, 일사불란한 조직 체계의 흔적도 보이지 않았다. 이른바 '상위 1퍼센트'를 규탄하는 구호가

　　　　　　　　　여행의 이유

다수였지만 그 밖에도 온갖 다양한 주장들이 뒤섞였다. 그들의 주장도 주장이지만, 당시 이 시위는 독특한 시위 문화로도 주목을 받았다. 지도부나 대표가 없었고 모든 참가자들이 동일한 권리를 가졌다. 모든 것을 표결로 결정하는 문자 그대로의 직접민주주의가 이들의 조직 원리였다. 저녁이 되면 하염없이 긴 토론이 이어졌다. 누구도 다른 사람의 말을 막을 권리가 없었으므로 회의는 밤새도록 이어질 때가 많았다. 소수정예 지하활동가들이 강고한 조직으로 거대한 제국을 전복한 러시아혁명 이래로 전 세계의 반체제운동들은 대부분 혁명적 전위가 다수 대중을 지도한다는 원리를 따라왔는데, 이들은 전혀 달랐다. 특권층에 반대하며 집결한 시위여서 더 그랬겠지만, 소수의 권력 독점에 알레르기 반응을 보였다(이후 2016년의 이화여대 학생들의 점거농성과 2018년 프랑스 파리의 노란 조끼 시위 등도 이런 양상을 보였다).

밤샘 시위자들이 설치한 각양각색의 텐트들로 뒤덮인 공원 구석구석엔 답지한 기부 물품들이 곳곳에 산처럼 쌓여 있었다. 텐트에선 대마초 냄새가 진하게 풍겨나

왔다. 수시로 피자가 배달되었고 사람들은 줄을 서서 하루종일 피자를 먹었다. 나도 피자 한 조각을 배급받고 사방에 쌓여 있는 음료수 상자에서 생수를 꺼내 마셨다. 공원 한구석에는 도서관도 있었다. 사람들이 기부한 책에 OWS(Occupy Wall Street)라는 장서인만 찍어 보관하고 있었다. 누구라도 아무 절차 없이 책을 대출할 수 있었나. 통일된 조직 체계는 없었지만 주코티공원은 자생적으로 작은 도시를 형성해가고 있었다. 텐트들이 모여 있는 주거지역과 토론과 회의가 열리는 일종의 아고라 같은 공적 공간이 나뉘었다. 누구든 받아들여졌다. 노숙자, 실업자, 성소수자, 공산주의자와 음모론자가 한자리에서 담배(혹은 비슷한 무엇)를 나눠(혹은 돌려) 피우며 어울렸다. 나와 같은 여행자들만이 예외였다. 그들은 나처럼 카메라를 들고 와서 사진을 찍기도 하고, 피자를 얻어먹기도 했지만, 대체로 그게 전부였다. 골판지에 주장을 적어 들고 있거나, 큰 소리로 외치지 않았다. 모두가 동등하고, 모두가 받아들여졌지만, 그것은 그곳에 '그림자'를 갖고 있는 사람들에 한해서였다. 미국이라는 나라에 세금을 내고, 그

여행의 이유

나라의 운명에 자기와 자기 가족의 미래가 걸려 있는 사람들, 월스트리트에서 벌어지는 짓들이 자기 삶에 심대한 영향을 미치고 있다고 믿는 사람들, 그런 사람들의 문제였다. 나와 같은 여행자는 떠나면 그뿐이었다. 여행자는 관찰하고 기록하고 때로는 일시적으로 참여할 수도 있겠지만 결국은 떠나간다.

그리스 경제위기 직후에 방문한 아테네에서 갑자기 연금이 삭감돼 생계가 막막해진 연금생활자들의 대규모 시위와 마주친 일이 있었다. 주코티공원에 모인 이들과는 많이 달랐다. 절박하고 우울해 보였다. 그러나 관광객인 나에게는 아무 관심도 없다는 점에서 같았다. 외국에서 목격한 대부분의 시위에서 나는 그들이 뭘 주장하는지조차 알지 못하고 지나갔다. 그들의 구호는 알아들을 수 없었고 피켓은 해독불가였다.

2

아델베르트 폰 샤미소의 소설 『그림자를 판 사나이』를 읽지 않은 이는 거의 없을 것이다. 어렸을 때 나는 이 소설을 정말 좋아했다. 작가가 된 뒤에는 같은 제목의 단편을 발표하기도 했다. 독자의 기억을 돕기 위해 줄거리를 요약하자면, 주인공 슐레밀은 우연히 어떤 파티에 참석해 신비한 인물(나중에 악마로 판명)을 만나 이상한 제안을 받는다. 그림자를 팔라는 것이다. 그 대가로 주인공은 무엇이든 마음대로 꺼낼 수 있는 '행운의 자루'를 받는다. 그림자라는, 평소에는 신경도 쓰지 않던 무언가를 파는 대신, 엄청난 부를 얻은 것이다. 하지만 주인공은 곧 그림자가 인간에게 매우 중요하다는 것을 깨닫게 된다. 돈이 아무리 많아도 그림자가 없다는 사실을 발견하자마자 사람들이 그를 경원시한 것이다. 그때 악마가 다시 나타나 새로운 제안을 한다. 그림자를 다시 돌려줄 테니 죽은 뒤의 영혼을 자기에게 팔라는 것이다. 갈등 끝에 주인공은 이 제안을 거절한다.

인류학자 김현경의 책『사람, 장소, 환대』는 이 소설에 대한 독특한 해석으로 시작한다. 김현경은 이 '그림자'라는 것이 도대체 뭘 의미하는가 묻는다. 이것은 영혼인가? 나중에 악마가 영혼도 팔라고 하는 걸 보면 영혼은 아니다. 그림자를 팔아버린 뒤에도 주인공은 도덕과 윤리를 지키고 있고 누군가를 사랑하기도 한다. 그림자가 무엇인지는 그림자가 없을 때 어떤 일이 벌어지는지를 보면 짐작할 수 있다. 그림자가 없는 주인공을 사람들은 배척한다. 모름지기 인간은 그림자가 있어야 하는 법이라고 말한다. 엄청난 재산을 약속한 결혼도 신부측 부모에 의해 거부당한다. 그림자가 없는 남자에게 딸을 줄 수는 없다는 것이다.

김현경에 의하면 그림자는 '사람을 사람으로 만드는 무엇'이다. 다른 말로 하자면 '성원권'일 것이다. 우리가 사람으로 살아가려면 타인이 우리를 사람으로 받아들여주어야 한다. 조선시대 백정은 분명히 인간이었지만 양반과 상민들은 그들을 '사람'으로 보지 않았다. 구한말 진주에선 그들의 자식들이 교회에 예배를 드리러 오자 양반과 상민들이 집단으로 항의하며 퇴장했다는 기록이 있다. 이런 일들은 전 세계에서 벌어진다. 그들은 생물학적으로는 완벽하게 양반이나 상민과 같지만, 그들은 사회의 정당한 일원으로 받아들여지지 않았다. 그들에게는 장소도 주어지지 않는다. 20세기 초반 미국 남부의 흑인들은 백인들의 공간에 마음대로 드나들 수 없었다. 그랬다가는 자칫 나무에 목이 매달릴 수 있었다. 사람이 사람으로 살아가려면 타인의 환대가 필요하고, 적절한 장소도 주어져야 한다. 조선시대 백정과 20세기 초 나치 치하의 유대인과 1960년대 이전 미국 남부의 흑인들은 환대는커녕, 공적 장소에서 배제되거나 추방당했다. 오직 표지('다윗의 별'이나 유니폼)로 개별성이 지워진 이들만 허용되었다. 그들에게는 '그림자'가 없었던 것이다. 그림자가 없다면 아무리 고매한 사상과 윤리적 자아를 갖추어도 사회에 받아들여지지 못한다. 소설의 말미에 주인공은 저자인 샤미소에게 이렇게 당부한다.

벗이여, 만약 사람들과 함께 살고 싶어하는 이들이라

면 부디 무엇보다도 그림자를 중시하고, 그다음에 돈을 중시하라고 가르쳐주게나. 자신을 위해, 그리고 더 나은 자신을 위해 살고 싶다면 말이지.[*]

주인공은 돈이 없어서가 아니라 그림자가 없어 더 큰 고통을 겪었던 것이다. 사회적인 동물인 인간은 돈이 아무리 많아도 성원권이 없다면 이 주인공처럼 외롭고 쓸쓸할 수밖에 없다.

그런데 이 짧은 소설을 다시 읽으며 새삼 놀란 것은 그림자를 판 사나이가 어떻게 이런 상태를 극복하게 되는지에 대한 것이었다. 주인공은 사랑하는 사람도 잃고, 충성스런 하인과도 작별하여 고립된다. 그런데 그는 장터에서 우연히 낡은 장화를 하나 사게 된다. 곧 이 장화는 주인공을 세계 어디든 순식간에 이동시켜주는 마법의 장화임이 밝혀진다. 그는 이제 사람들 사이에서 받아들여지겠다는

* 아델베르트 폰 샤미소, 『그림자를 판 사나이』, 최문규 옮김, 열림원, 2002, 132쪽.

소망을 포기하고 세계를 떠돌며 산다. 어떻게든 그림자를 되찾아 사람들 사이로 돌아가는 결말로 기억하고 있었는데 아니었다. 그는 그림자에 연연하지 않고 여행자/탐험가/방랑자로 살아가면서 만족하고 있다.

이 이야기는 그러므로 이렇게 읽을 수 있다. 만약 사회 안에서 사람들과 함께 살아가야 한다면 사람을 사람으로 만드는 것, 즉, 그림자가 절대적으로 필요하다. 평소에는 있는지 없는지조차 신경쓰지 않는 것들, 그러나 잃고 나면 매우 고통스러워지는 것들. 그 그림자를 소중히 여겨라. 하지만 만약 그것을 잃었다면, 그리고 회복하기 위해 영혼까지 팔아야 한다면, 남은 운명은 방랑자가 되는 것뿐이다. 어디에도 속하지 않는 존재가 되면 굳이 그림자가 없어도 된다는 것이다. 앞서 인용한 소설의 결말을 다시 읽어보면, 『그림자를 판 사나이』는 돈이 중요하지 않다는 이야기가 아니라는 것을 알 수 있다. 단지 돈이 그림자보다 중요하지는 않다는 것이다.

당장 떠오르는 인물이 있다. 『르몽드』, 버거킹, 카를슈타트백화점 등의 주주인 억만장자 니콜라 베르그뤼앙은 한동안 전용기를 타고 전 세계를 돌아다니며 호텔 생활을 해왔다. 공식적으로 소유한 것은 아이폰과 정장 세 벌, 그리고 전용기뿐이며 나머지는 종이백 하나에 다 담을 수 있을 정도라고 말한 바도 있다.* 이런 사람이라면 샤미소의 주인공처럼 그림자가 굳이 아쉽지 않을 것이다. 숙박 공유업체 에어비앤비의 창업자 브라이언 체스키도 있다. 현재 에어비앤비는 기업 가치가 호텔 체인 힐튼 그룹을 넘어섰지만 그는 아직도 집을 소유하지 않고, 대신 2010년부터 지금까지 모르는 사람 집, 남는 방, 휴가 떠난 사람의 빈집을 돌아다니며 살고 있다고 한다. 그러나 모두가 이렇게 살 수는 없다. 보통의 사람들에게는 그림자가 절실하다. 환대받지 못하는 곳에서 적절한 장소도 부여받지 못하는 인간들의 운명은 비참하다.

　내 소설 『검은 꽃』은 1905년에 제물포항을 떠나 멕시코의 에네켄 농장으로 간 실존 인물들의 이야기를 바탕으로 했다. 계약기간이 끝나는 1910년, 그들은 돌아갈 나라

* 중앙일보 2013년 7월 20일자.

가 사라졌다는 것을 알게 된다. 존재감이라고는 없던 나라였지만, 그래도 그들에게 여권을 발급해주었던 대한제국은 없어졌고, 이제 그들은 누구의 백성도 아니게 되었다. 그들은 그림자를 잃어버렸고, 방랑이 시작되었다. 그들 중 일부는 멕시코혁명에 휘말렸다가 과테말라의 정글로 흘러들어가 거기서 죽는다. 샤미소의 주인공은 요술 장화를 신고 전 세계를 자유롭게 오가지만,『검은 꽃』의 인물들에게는, '장소'를 잃은 대부분의 이주자들이 그러하듯이 그런 마법이 허용되지 않는다.

그 가을 주코티공원에서 삼시세끼 피자를 먹으며 노숙하는 이들은 잠시 '사람'이었다. 주코티공원의 시위 참여자들은 서로를 환대했고, 1퍼센트의 탐욕에 분노하던 사회의 말없는 99퍼센트들도 피자를 보내 자신들의 환대를 표현했다. 일시적이나마 그들은 월가의 일부를, 주코티공원이라는 장소를 차지할 수 있었다. 거기서 그들은 밤새 미국의 미래, 정치적 경제적 평등에 대해 토론했고, 그럴 때 그들에게는 또렷한 그림자가 생겨났다. 결과적으로 실패하기는 했지만 주코티공원 일대는 늘 흥이 넘쳤다. 그러나 거기에 나의 그림자는 없었다. 이 년을 넘게 살았지만 곧 자리를 털고 떠날 구경꾼에 불과했던 것이다. 나는 그 사회에 아무 책임도, 의무도 없었다.

『사람, 장소, 환대』의 관점에서 오디세우스의 귀향도 다시 읽을 수 있다. 오디세우스는 그림자가 없는 상태, 걸인의 모습으로 이타케로 돌아온다. 아무도 그를 알아보지 못할 정도다. 오디세우스를 오디세우스로 만든 그림자가 없기 때문이다. 돼지치기와 늙은 유모 등 미천한 신분의 이들이 가장 먼저 그를 받아주거나 알아본다. 그들 덕분에 그는 아내를 괴롭히는 구혼자들을 모두 처단하고 왕국의 질서를 바로잡는다. 귀향의 피날레는 부부의 재결합이다. 그를 부부의 '장소'인 침대에 받아들이기 위해서는 그는 진짜 오디세우스여야만 한다. 그 '장소'에 적합한 '사람'임이 입증되어야 하는 것이다. 페넬로페는 오디세우스에게 부부의 침대에 대해 질문해 그를 시험한다. 그는 거대한 올리브나무 밑동을 잘라 침대의 기둥으로 삼은 것을 기억해내고 페넬로페는 그제야 그를 남편으로 받아들이고 환대한다. 이로써 그의 귀향이 완전히 마무리된다.

페넬로페의 침대에 누운 오디세우스는 비로소 깨달았을 것이다. 그토록 길고 고통스러웠던 여행의 목적은 고작 자기 자신으로 돌아오기 위한 것이었다. 때로 그는 고향으로 돌아가야 한다는 것을 잊었다. 영원히 늙지 않는 아름다운 요정 칼립소의 침대에서 매일같이 맛있는 것을 먹으며 행복한 여행자로 죽을 수도 있었다. 그러나 지혜의 여신이 그를 다시 고난의 여행길로 끌어냈고 그는 무거운 책임과 의무가 기다리는, 자신의 그림자를 드리울 곳으로 돌아갔다.

자주 떠도는 이들이라면 한 번쯤 오디세우스와 같은 선택의 순간에 직면하게 된다. 방랑을 멈추고 그림자를 되찾을 수 있는 어떤 곳으로 돌아가 자기 자신이 되어야 할까? 과연 그런 곳이 있기나 할까? 나는 거기에서 받아들여질까? 요술 장화를 신고 영원히 떠돌아다니는 슐레밀, 그림자를 판 사나이가 내 운명은 아닐까? 그런데 그런 삶은 과연 온당한가? 요즘의 나 역시 이런 질문들에 대해 생각하게 된다.

아폴로 8호에서
보내온 사진

내가 세상에 나온 지 한 달 뒤인 1968년 12월, 인류는 처음으로 달 궤도를 돌았다. 아폴로 8호였다. 당시에는 대단했지만 다음해 아폴로 11호가 달에 착륙하자 모든 스포트라이트가 거기로 옮겨가버렸다. 그러나 아폴로 8호의 세 명의 승무원들은 인류 최초로 달의 뒷면을 목격한 인물들이었다. 무엇보다 이들은 지구라는 행성이 달 표면에서 떠오르는 장면을 처음으로 촬영하기도 했다. 달 궤도에 성공적으로 진입해 네 바퀴째를 돌고 있을 때, 이들은 자신들이 떠나온 행성이 달 표면에서 떠오르는 모습을 목격하고 셔터를 눌렀다. 마침 크리스마스이브였고, 그것은 지구에 남겨진 다른 인류에게 보내는, 조금은 당황스러운 선물이었다. 이제는 너무도 익숙한, 그러나 당시로서는 매우 충격적이었던 이 이미지 속에서 지구는 우주의 깊은 어둠 속에 홀로 떠 있는 작고 외로운 푸른 구슬에 불과했다. 그러나 그 작은 구슬이 그들이 살아서 돌아가야 할 곳이었고, 사랑하는 모든 것들이 남겨져 있는 우주의 유일한 안식처였다.

시인 아치볼드 매클리시는 아폴로 8호가 달 궤도에 진입한 다음날인 크리스마스에 발행된 뉴욕타임스에 '저 끝없는 고요 속에 떠 있는 작고, 푸르고, 아름다운 지구를 있는 그대로 본다는 것은 바로 우리 모두를 지구의 승객 riders으로 본다는 것'을 의미한다고 썼다.[*] 인류가 지구의 승객이라는 비유는 지금으로서는 진부하게 들릴지 몰라도 당시에는 읽자마자 무릎을 칠 만한 것이었다. 승객은

[*] Archibald MacLeish, "A Reflection: Riders on Earth Together, Brothers in Eternal Cold," *New York Times*, 1968년 12월 25일.

영원히 머물지 않는다. 왔다가 떠나는 존재일 뿐이다. 매클리시는 이어서 우주의 이 끝 모를 차가움 속에서 우리 자신들은 형제brothers, 서로가 형제임을 진실로 아는 형제라고 부연했다. 지구가 고작 아이들이 가지고 노는 장난감 구슬처럼 보인다는 것을 알았을 때, 시인은 자존심을 다친 것이 아니라 오히려 그렇기에 지구라는 작은 행성, 푸르게 빛나는 우주의 오아시스와 우리 서로를, 모든 동식물을, 같은 행성에 탑승한 승객이자 동료로 소중히 여겨야 한다고 암시한 것이다.

인생을 여행으로, 인간을 여행자로 비유한 것이 그때가 처음은 아니었다. 동서고금의 수많은 시인과 가객들이 그렇게 노래했다. 우리나라에서 가장 널리 알려진 것으로는 최희준의 〈하숙생〉이 있을 것이다. '인생은 나그네길, 어디서 왔다가 어디로 가는가.'

인류는 오래전부터 인생이 여행과 닮았다고 생각했다. 어디에선가 오고, 여러 가지 일을 겪고, 결국은 떠난다. 우리는 극단적으로 취약한 상태로 지구라는 별에 도착한다. 그렇기 때문에, 인생이라는 여행은 먼저 도착한 이들의 어마어마한 환대에 의해서만 겨우 시작될 수 있다. 신생아는 자기가 도착한 나라의 말을 모른다. 부모와 친척들이 참을성을 가지고 몇 년을 도와야 비로소 기초적인 언어를 익힐 수 있다. 부모는 아이가 세상으로 나아갈 준비가 될 때까지 아무 대가를 바라지 않고 먹여주고 입혀주고 재워준다. 충분히 성장하면 인간은 지구에 새로 도착한 여행자들을 환대함으로써 자신이 받은 것을 갚는다. 그리고 그들이 떠나갈 때, 남아 있는 이들은 나름의 방식으로 그들을 환송한다. 지구상의 거의 모든 문명은, 마치 다른 세계로 떠나는 여행자를 배웅하듯이 망자를 대한다. 관 속에 노잣돈이나 길동무 인형을 넣어준다. 철저한 무신론자조차도 사랑하는 사람이 죽을 때면 그들이 다음 세상에서 평안하기를 기원한다고 말한다.

인간이 타인의 환대 없이 지구라는 행성을 여행하는 것이 불가능하듯이 낯선 곳에 도착한 여행자도 현지인의 도움을 절대적으로 필요로 한다. 인류는 오랜 세월 서로를 적대하고 살육해왔지만 한편으로는 낯선 이들을 손님으로 맞아들이고, 그들에게 절실한 것들을 제공하고, 안전한 여행을 기원하며 떠나보내오기도 했다. 거의 모든 문명에, 특히 이동이 잦은 유목민들에게는 손님을 잘 대접하라는 계율들이 남아 있다.

2016년 5월에 나는 파리 오스테를리츠역에서 오를레앙행 기차를 기다리고 있었다. 역은 북새통이었다. 철도노조가 총파업에 참여 중이었기 때문이다. 프랑스인들은 (정치적 입장에 따라 개인마다 다르기는 하지만) 대체로 파업을 노동자의 기본적 권리로 인식하고 적극적으로 그 불편을 감내하는 편이다. 그러나 불확실성은 언제나 스트레스를 준다. 어떤 열차는 취소되고, 어떤 열차는 연착하고, 어떤 열차는 아예 안내조차 되지 않는 상황에서 승객들은 잔뜩 신경이 곤두선 채 안내판만 보고 있었다. 아내와 내가 타야 할 열차도 한 시간 정도 지연된 끝에 플랫폼으로 들어왔다. 오를레앙에서는 『빛의 제국』을 원작으로 한 연극이 프랑스 초연으로 상연될 예정이었다. 주최측은 오를레앙까지 오는 기차를 오래전에 예약해두었고 좌석도 지정해두었다. 그러나 몇 편의 기차가 취소된 후에 들어온 열차여서 원래 몇 시에 출발했어야 할 기차인지 아무도

여행의 이유

알 수 없었다. 기차는 만원이었고 곳곳에서 다툼이 벌어졌다. 우리는 정해진 좌석을 찾아 앉았지만 곧 한 여자가 다가와 우리가 앉은 자리가 자기 자리라며 비키라고 했다. 일어나려던 우리를 뒷자리에 앉아 있던 이들이 말렸다. 그들은 우리를 대신하여 그 여자와 싸우기 시작했다. 서로 물러서지 않고 한참 동안 설전이 계속되었다. 불어로 진행된 그 다툼을 알아들을 수는 없었지만, 맥락은 짐작할 수 있었다. 이런 상황에서는 누구도 자리에 대한 정당한 점유권을 주장할 수 없다. 파업 상황 아닌가. 게다가 이들은 여행자다. 그들이 불어를 못하고 여기 사정을 모른다고 당신이 그들을 몰아내서는 안 된다. 아마 이런 이야기가 오가는 것 같았다.

우리는 결국 자리를 지켰다. 우리를 위해 싸워준 사람 중 하나가 미소를 지으며 어디까지 가느냐고 물었다. 오를레앙에 간다고 하자 자기들도 거기로 간다며 걱정 말라고 했다. 기차는 끝내 오를레앙까지 가지 못하고 작은 간이역에 멈춰 섰다. 승객들은 안내방송을 듣더니 모두 하차하기 시작했다. 우리를 위해 싸워준 이들이 우리를 오를레앙 시내까지 가는 셔틀버스로 안내해주었다. 덕분에 우리는 예정된 시간에 오를레앙에 도착해 정해진 공연에 참석할 수 있었다. 기차역에서 우리를 기다리던 주최측은 파업으로 기차가 도착하지 않아 우리와 길이 엇갈리자 당황한 상태였다.

이런 환대는 정말 고맙지만 드물지는 않았다. 환대의 관점에서 지난 여행들을 돌아보면, 곳곳에서 많은 사람들이 불쑥 튀어나와 아무 대가 없이 도움을 주었다. 세계에서 가장 복잡한 지하철역으로 꼽히는 도쿄의 신주쿠와 시부야 역에서, 대중교통이 끊긴 프랑스의 노르망디에서, 발리의 우붓에서, 영어가 한마디도 안 통하는 멕시코의 유카탄반도에서 이름 모를 이들이 출구를 알려주고, 차를 태워주고, 종교 축제에 데려가고, 먹을 것을 나누어주었다.

이십여 년 전, 전기도 제대로 들어오지 않고, 샤워는 큰 물통에 받아놓은 빗물로 하던 시절의 발리. 혼자 여행하는 나에게 현지인 남성이 다가왔다. 그의 이름은 뉴먼이었다. 뉴먼은 나에게 우붓과 그 일대를 구경시켜주겠다고 했다. 표정이 밝고 선했다. 나는 그를 믿어보기로 했다. 그는 오십 시시 혼다 오토바이를 가리켰다. 그는 나를 태우고 먼저 자기 가족에게 데려갔다. 갓난 사내아이와 그의 부인이 그를 보더니 환하게 웃었다. 나는 카메라를 꺼내 뉴먼의 가족을 사진으로 찍었다. 뉴먼은 가족사진이 처음이라며 나중에 그 사진을 꼭 보내달라고 했다. 그는 나를 인근 사원에서 열리는 대규모 힌두교 종교 행사에도 데리고 갔다. 여행자는 나밖에 없는 것 같았다. 수천 명의 인파가 사원으로 몰려들었다. 나는 그를 따라 잠깐 힌두교도가 되었다. 사제가 내 이마에 성수를 바르고 뭔가를 붙여주었던 것이다. 하루종일 그는 평범한 관광객이 쉽게 볼 수 없는 곳들로만 나를 데려갔다. 그에게 준 것이라고는 오토바이 기름값과 약간의 사례비였는데 서울에서는 밥 한 끼도 못 사 먹을 정도의 액수에 불과했다. 그는 분명 돈을 받고 나를 안내했지만, 그가 베푼 것도 일종의 환대였다고 나는 생각한다. 나는 그의 가족을 만났고, 그가 믿는 신과 그 신이 사는 곳을 방문할 수 있었다. 그러기 위해서는 그를 온전히 믿어야만 했다. 나의 신뢰는 그의 환대로 돌아왔다.

철학자 알폰소 링기스는 여행에서 우리가 낯선 이에게 품는 신뢰, 그것의 기묘함에 대해 썼다.

고향과 공동체를 떠나 한동안 먼 곳에서 지내는 경우를 생각해보자. 그때 우리는 매일 낯선 사람을 신뢰하게 된다. 그 사람과 핏줄로 이어져 있지 않은 것은 물론 신념이나 공동체를 공유하지도 않고 계약으로 묶여 있지도 않다. 그 사람이 무슨 말을 하는지도 모르고, 그가 어떤 가족이나 부족의 일원인지도 모르며 그가 사는 마을의 위치도, 그가 사회와 자연과 우주 속에서 어떤 부문을 대변하고 있는지도 모르면서 그를 신뢰한다. 그의 말이나 몸짓도 이해 못하고, 목적이나 동기도 파악할 수 없다. 하지만 그때 발생하는 신뢰라는 것은 사회적으로 잘 정의돼 있는 행동으로 이루어놓은 공간을 건너뛰어 그 자리에 당신과 함께 있는 진짜 개인과 곧바로 접촉하는 것이다.

일단 누군가를 신뢰하기로 마음먹으면 우리의 정신

속으로 평안함뿐 아니라 자극과 흥분이 파고들어온다. 신뢰란 다른 생명체와 맺어지는 관계 가운데 가장 큰 기쁨을 준다. (…)

신뢰란 죽음만큼이나 동기를 짐작할 수 없는 어떤 인물에게 의지하게 만드는 힘이다. 낯선 이를 신뢰하려면 용기가 필요하다. (…)

신뢰 안에는 용기뿐 아니라 기쁨과 유쾌함도 들어 있다. 신뢰는 위기가 닥쳤을 때 웃게 해준다. 그리고 성적인 매혹도 신뢰와 아주 흡사하다. 누군가에게 성적으로 푹 빠지면 한없이 끌려가게 되듯 무조건적인 신뢰도 마찬가지다. 역으로 신뢰에도 성적인 면이 있다. 왜냐하면 신뢰는 타인의 알 수 없는 핵심에 집착하는 맹목적인 의지가 아니기 때문이다. 신뢰는 타인의 감정 및 영향력과 연결된다. 스카이다이버가 낙하산을 건네기 위해서 자신의 뒤를 따라 낙하하는 동료에게 보이는 신뢰감에는 어딘가 성적인 면이 있다. 정글에서 길을 잃은 사람이 원주민 젊은이에게 보이는 그 신뢰감도 마찬가지다. 신뢰란 대담하면서도 아찔하고 탐욕스럽다.*

여행자가 보내는 신뢰는 환대와 쌍을 이루고 있다. 신
뢰를 보내는 여행자에게 인류는 환대로 응답하는 문화를
발전시켜왔다. 구약성서의 소돔의 멸망 이야기는 여행자
의 신뢰를 배신했을 때, 유목민의 신이 얼마나 커다란 벌
을 내리는지에 대한 이야기로도 읽을 수 있다. 「창세기」
19장을 보면 저녁때에 두 천사가 소돔에 도착한다. 밤은
여행자에게 가장 힘든 시간이다. 성벽 위에 앉아 있던 원
주민 롯은 여행자인 그들에게 자기 집으로 가자고 청한다
(롯 자신도 이주민이었음이 나중에 드러난다.** 그가 왜 여행
자들의 곤란에 공감했는지는 그렇게 설명된다). 천사들은 처
음에는 사양한다. "아니오. 광장에서 밤을 지새겠소." 그러
나 롯이 간절히 권하자 그들은 그의 집으로 들어간다. 롯

* 알폰소 링기스, 『길 위에서 만나는 신뢰의 즐거움』, 김창규 옮김, 오늘의
책, 2014, 10~14쪽.
** 공동번역성서 「창세기」 19장 9절. "네가 떠돌이 주제에 재판관 행세를
할 참이냐?"

이 구워준 빵도 먹는다. 그들은 롯을 신뢰했고, 롯은 환대로 답한다. 그런데 소돔의 사내들이 '젊은이부터 늙은이까지 온통 사방에서 몰려와 집을 에워'싼다. 그러고는 주인인 롯을 불러 말한다.

"오늘밤 당신 집에 온 사람들 어디 있소? 우리한테로 데리고 나오시오. 우리가 그자들과 재미 좀 봐야겠소."

롯은 그들을 말리고 간청한다. 롯은 "내 지붕 밑으로 들어온 사람들이니, 이들에게는 아무 짓도 말아주시오"라고 간청한다. 그러나 사내들은 롯에게 달려들어 밀치고 문을 부수려 한다. 그제야 천사들은 롯의 가족을 구하고, 유황불로 소돔을 태워버린다.

나는 뉴먼을 신뢰하고 그의 오토바이에 몸을 실었다. 어디로 가는지도 모르면서, 내가 어디에 있는지도 모르면서 그가 가자는 데로 갔다. 그러나 그는 나를 배신하지 않았고 저녁에는 내가 묵는 숙소로 안전하게 나를 데려다주었다. 버스가 끊긴 노르망디의 어느 겨울 저녁, 나는 아스팔트 도로를 따라 한없이 걷고 있었다. 지나가던 푸조 승용차가 멈췄다. 한 남자가 차창을 열고 사정을 묻더니 일단 자기 차에 타라고 했다. 그는 자기 집으로 데려가 따뜻한 커피와 쿠키 같은 것을 내왔다. 일본에서 사온 부채, 중국에서 사온 불상들로 거실이 장식돼 있었다. 그는 자기 가족들도 여행을 좋아하고, 특히 아시아에서 현지인들로부터 많은 도움을 받았다고 했다. 노르망디 토박이인 그는 버스가 끊긴 시간에 배낭을 메고 걷고 있는 나의 곤란을 금세 이해하고 공감했던 것이다. 어느 정도 배를 채우자 그는 나를 숙소까지 태워주었다.

이런 환대는 어떻게 갚아야 할까. 언젠가 읽은 여행기에서 나는 답을 찾았다. 저자는 북유럽을 여행하던 중에 버스를 타게 되었는데, 그제야 지갑을 잃어버렸다는 것을 발견했다고 한다. 당황하는 그녀 대신 현지인 할머니가 버스요금을 내주었다. 나중에 갚겠다고 하자 할머니는 고개를 저으며, 자기에게 갚을 필요 없다, 나중에 누군가 도움이 필요한 사람을 발견하면 그 사람에게 갚으라고 말했다는 것이다. 환대는 이렇게 순환하면서 세상을 좀더 나은 곳으로 만들고 그럴 때 진정한 가치가 있다. 준 만큼 받는 관계보다 누군가에게 준 것이 돌고 돌아 다시 나에게로 돌아오는 세상이 더 살 만한 세상이 아닐까. 이런 환대의 순환을 가장 잘 경험할 수 있는 게 여행이다.

몇 년 전 서울역 택시 승강장에서 동남아시아에서 온 것으로 보이는 여행자 둘이 커다란 슈트 케이스와 함께 택시를 기다리고 있었다. 슈트 케이스에는 아직 떼지 않은 수하물표가 그대로 붙어 있었다. 공항철도로 서울역까지 온 것 같았다. 그런데 그들은 택시를 탔다가 내리기를 반복하고 있었다. 슈트 케이스를 트렁크에 넣은 후, 조수석에 앉아 스마트폰 화면을 보여주었지만 그때마다 기사들은 고개를 저으며 손을 내저었다. 그들이 내려 트렁크에서 슈트 케이스를 꺼내면 택시는 다른 승객들을 태우고 떠났다. 세 번쯤 그런 일이 반복되었다. 그들은 난감한 얼굴로 서 있었다. 내 차례가 되었고 택시가 내 앞에 와서 멈추었다. 나는 그들에게 어디로 가느냐고 물었다. 그들은 스마트폰 화면을 보여주었다. 명동에 있는 호텔이 그들의 행선지였다. 유명한 호텔이어서 기사들이 모를 수는 없었다. 너무 가까운 거리여서 피한 것이었다. 그들을 택시에 태운 후, 조수석 문을 열고 기사에게 그들의 행선지를 말하자 그제야 택시는 군말 없이 떠났다. 오를레앙과 그 밖의 많은 곳에서 받은 환대를 조금 갚았다는 느낌이 었다.

인류가 한 배에 탄 승객이라는 것을 알기 위해 우주선을 타고 달의 뒤편까지 갈 필요는 없을지도 모른다. 우리는 인생의 축소판인 여행을 통해, 환대와 신뢰의 순환을 거듭하여 경험함으로써, 우리 인류가 적대와 경쟁을 통해서만 번성해온 것이 아니라는 것을 알게 된다. 달의 표면으로 떠오르는 지구의 모습이 그토록 아름답게 보였던 것과 그 푸른 구슬에서 시인이 바로 인류애를 떠올린 것은 지구라는 행성의 승객인 우리 모두가 오랜 세월 서로에게 보여준 신뢰와 환대 덕분이었을 것이다.

여행의 이유

노바디의 여행

1

    내가 아무것도, 정말 아무것도 아니던 시절. 뭔가를 쓰고 있기는 했지만 아무도 읽어주지 않던 시절에는 다른 나라를 여행하는 기분이 지금과는 달랐다. 외국에서라고 알아주는 사람이 있을 리 없었고 그저 젊은 여행자일 뿐이었지만, 적어도 거기서는 여행자가 될 수는 있었던 것이다. 그 어떤 주목이라도 갈망하던 시절, 여행자라도 된다는 것은 그런 욕망을 어느 정도 해갈시켜주었다. 관광객으로 들끓는 유명 관광지가 아니라면, 여행자는 눈길을 끈다. 사람들은 지루하고 평화로운 일상에 침입한 낯선 이를 눈여겨본다. 친절을 베푸는 이도 있고, 적대적 시선을 보내는 이도 있다. 괜히 따라다니는 아이들도 있고, 일본인이나 중국인이냐고 묻기도 하고, 드물게는 욕을 하거나 뭔가를 던지는 경우도 있다.

현지인들이 일을 하기 위해 바쁘게 움직이기 시작하는 아침나절, 아무 할 일도 없이 배낭을 메고 공원의 벤치에 앉아 있기만 해도 기분이 좋았다. 사람들은 호기심을 가지고 물었다. 어디서 왔느냐. 어디로 가느냐. 얼마나 여행하느냐. 모든 여행은 고유한 궤적으로 진행되고, 그래서 모든 여행자는 다르다. 숙소에서 만난 다른 여행자들과의 대화도 즐거웠고 우연한 만남에도 괜히 흥분하곤 했다. 그러나 혼자 느끼는 기분과 실제로 다른 사람들이 어떻게 생각하느냐는, 언제나 그렇듯이 많이 달랐다.

스물다섯에 떠난 유럽 배낭여행. 어느 날 밤, 나는 파리 북역 바닥에 앉아 밤늦게 도착할 기차를 기다리고 있었다. 비둘기들이 떼 지어 날아다니고 역사는 썰렁했다. 배낭여행자들이 삼삼오오 배낭을 베개 삼아 누워 있는 가운데 술 또는 마약에 취한 노숙자들이 비틀거리며 그 사이를 오갔다. 저녁을 먹은 지 이미 오래여서 배는 고팠고, 어서 기차가 도착해 따뜻한 객실로 들어가고 싶은 마음뿐이었다.

그때 두 명의 젊은 백인 여성 백패커가 다가왔다. 미국에서 대학을 졸업하고 유럽을 장기여행 중이라고 했다. 날더러 어디를 가느냐고 묻고, 내가 암스테르담으로 간다고 하자, 자신들도 거기로 간다고 하면서, 그럼 자기들과 같이 여행하면 안 되겠냐고 물어왔다. 유럽의 밤기차는 컴파트먼트 구조로 되어 있어서 낮에는 양쪽에 세 명씩 여섯 명까지 마주 보며 앉아서 가지만 밤에는 의자를 앞으로 당겨 간이침대처럼 만든 후, 세 명까지 누워서 갈 수 있었다. 그들 제안은 날더러 자신들과 한 컴파트먼트에서 같이 자면서 가지 않겠냐는 것이었다. 나는 그러자고 했고, 기차는 곧 도착했다. 우리는 이등칸의 컴파트먼트를 하나 차지하고 짐을 선반에 올린 후, 의자를 조정해 평평하게 만들었다. 창가 쪽에 둘이 차례로 자리를 잡고 내가 복도 쪽에 누웠다.

어색한 침묵을 깨기 위해서였겠지만 그들은 내가 떠나

온 나라에 대해 묻기 시작했다. 한국인은 주로 쌀을 먹느냐, 빵을 먹느냐. 언어는 중국어를 쓰느냐, 일본어를 쓰느냐 같은 걸 물었고, 나는 대답을 해주었다. 그러다 그들은 어느새 잠이 들었다. 그들이 날 선택한 것은 나 개인에게 특별한 관심이 있어서가 아니었다. 한 컴파트먼트에서 밤새 같이 있기에 가장 안전해 보였기 때문이었다. 서구에서 동아시아 남자들에 대해 갖고 있는 선입견을 그대로 따른 것뿐이었다. 지금도 미국 영화나 TV드라마를 보면 그런 스테레오타입이 여전히 반복 재생산되고 있음을 확인할 수 있다. 그들은 과하게 예의바르거나(주로 일본인들), 부모의 열렬한 교육열에 힘입어 공부만 죽어라고 하고 운동 같은 것은 젬병인 공붓벌레(한국인이나 중국인)인데, 언어적으로든, 물리적으로든 백인 여성을 공격하는 일은 거의 없다. 그들은 그냥 그들만의 세상에서 소심하게 제 할 일만 열심히 하면서 살아가는 존재로 그려진다.

암스테르담행 기차의 컴파트먼트에서 나는 그들이 내게 기대하는 역할을 그대로 했다. 숨쉬는 마네킹이 되었던 것이다. 간간이 빈자리를 찾는 승객들이 컴파트먼트

문을 열었다가 세 명이 모두 누워 있는 것을 보고 다시 문을 닫았다. 내가 문을 지키고 있었기에 두 여자는 안쪽에서 편안히 누워 갈 수 있었다. 밤새 아무도 우리 컴파트먼트로 들어오지 못했다.

아침이 되어 우리는 밝게 웃으며 헤어졌다. 그들은 한국인이 쌀을 주식으로 한다는 것을 알았고, 나는 내가 백인 여성들이 아무 위협을 느끼지 않고 자신들 옆에 재울 수 있는 존재로 보인다는 것을 알게 되었다. '아무것도 아닌 자'인 것은 한국에서와 마찬가지였지만, 조금 달랐다. 젊은 날의 나는 특별한 존재가 되기를 바랐지만, 나의 인종이나 국적에 따라 '특별하게' 분류되고, 일단 분류된 이후에는 사실상 눈에 보이지 않게 되는 경험은 그전까지는 한 번도 해본 적이 없었던 것이다. 여행자는 낯선 존재이며, 그러므로 더 자주, 명백하게 분류되고 기호화된다. 국적, 성별, 피부색, 나이에 따른 스테레오타입이 정체성을 대체한다. 즉, 특별한 존재somebody가 되는 게 아니라 그저 개별성을 잃어버리는 것이다. 여행자는, 스스로를 어떻게 생각하든 상관없이, 결국은 '아무것도 아닌 자', 노바디nobody일 뿐이다.

2

실뱅 테송은 『여행의 기쁨』에서 괴테를 인용하면서 '여행을 할 때 나는 언제나 가능한 한, 모든 것을 낚아챈다'라고 말한다. 이어서 그는 '여행은 여행자가 외부 세계에 감행하는 습격이며, 여행자는 언젠가 노획물을 잔뜩 짊어지고 집으로 돌아가는 약탈자다'라고 덧붙인다.* 지평선에 뭔가가 나타나면 우리의 선조 유목민들은 신경이 곤두섰을 것이고 그들이 점점 가까이 다가올수록 긴장은 고조되었을 것이다. 그들은 실크로드를 여행하는 상인이어서 생활에 꼭 필요한 물건과 흥미로운 소식을 전해줄 수도 있지만, 칭기즈칸의 명령을 받아 내달리는 무시무시한 몽골 기마병일 수도 있다. 친절한 얼굴을 하고 있지만 적

* 실뱅 테송, 『여행의 기쁨』, 문경자 옮김, 어크로스, 2016, 39쪽.

국의 스파이일 수도 있고, 가족을 해치러 온 도적떼일 수도 있다. 여행자는 재빨리 파악되고 분류되어야 하고, 그에 따라 처리되어야 한다. 개별적인 존재를 하나하나 깊이 이해하고 파악할 시간은 없다. 식사를 제공하고 잠을 재워주면 고마워하며 소식과 정보, 선물이나 돈을 주고 떠나는 사람도 있으니 무작정 내쫓을 일도 아니다. 외부에서 오는 타자는 위험하면서 동시에 매력적이기 때문이다.*

어떤 도시에서 여행자들은 현지인처럼 보이고 싶어하기도 한다. 여행자의 표지들, 예컨대 커다란 배낭, 편안한 신발, 손에 든 지도, 카메라 등을 숨긴다. 마치 모처럼 휴일을 맞아 산책을 나온 현지인처럼 보이기를 바라는 것

* 우리나라에서는 몽골인의 시력이 매우 좋으며 심지어 5.0, 6.0도 있다는 속설이 널리 퍼져 있다. 유목민을 조상으로 둔 몽골인의 시력이 뛰어나다는 것은 그럴듯하게 들린다. 진화과정에서 멀리서 다가오는 존재가 친척인지 적인지를 빨리 판별한 자는 살아남았고, 적보다 시력이 나빠 대처가 느렸던 자들은 죽어서 자손을 남기지 못했을 것이다. 그런 인위선택의 결과, 시력이 좋은 유전자만 살아남았다는 것이다. 그러나 이 글을 쓰며 확인해봤지만 이를 뒷받침할 만한 믿을 만한 자료나 연구 결과는 찾을 수 없었다. 다만 이런 속설이 유독 우리나라에서 널리 퍼졌다는 것은 흥미롭다.

이다. 그런데 이런 '가장'은 여행자들이 선망하는 나라와 도시에서만 수행된다. 뉴욕이나 파리, 바르셀로나와 같은 선진국의 매력적인 도시에서는 '습격을 감행하는 여행자'가 되어 스테레오타입으로 분류되기보다는 노바디가 되어 가급적 눈에 띄지 않으려 한다.

반면 '여기 사시나봐요?' 같은 말이 별로 달갑지 않은 나라와 도시도 있다. 그때는 여행자로서 현지인과 적극적으로 구별 짓고자 한다. 마치 식민지 인도에 부임했던 대영제국의 관리들이 찌는 듯한 폭염에도 셔츠의 단추를 풀지 않고 긴 소매의 재킷을 고집했던 것처럼 여행자의 표지를 그대로 유지하는 것이다.

이렇듯 여행자는 어디로 여행하느냐에 따라, 자신이 그 나라와 도시를 어떻게 생각하느냐에 따라, 또한 그 도시의 정주민들이 여행자를 어떻게 바라보느냐에 따라 자신을 드러내고 싶은 방식을 적극적으로 조정하고 맞춘다. 때로 우리는 노바디가 되어 현지인 사이에 숨으려 하고, 섬바디로 확연히 구별되고자 한다. 실뱅 테송의 표현대로 여행이 정말 일종의 습격이라면, 여행자들의 이런 선택은 원주민의 힘과 위계에 관련되어 있을 것이다. 여행자를 반기지 않고 심지어 공격할 수도 있는 오만한 원주민들이 살고 있다면, 그리고 그 도시가 그럼에도 불구하고 매력적이라면, 여행자는 자신을 최대한 감추며 드러내지 않고자 할 것이다. 베네치아나 바르셀로나, 암스테르담, 교토 같은 도시에서 최근 대두하고 있는 오버투어리즘에 대한 시민들의 적개심을 여행자들도 분명히 알고 있고 때로 현지에서 피부로 느끼기도 한다. 그들은 관광객들이 에어비앤비 같은 숙박공유 서비스를 통해 집세를 폭등시키고, 쓰레기를 마구 버리며, 교통 혼잡을 야기한다고 생각한다. 다시 말해 그들은 습격을 당한다고 느끼는 것이다.

반면 현지인 상당수가 관광으로 생계를 해결하고, 여행자에게 비굴할 정도로 친절한 도시에서 우리는 굳이 자신을 현지인으로 가장하거나 감추려고 하지 않는다. 그 도시의 원주민들이 우리가 떠나온 나라에 대해 강력한 호감까지 갖고 있다면 오히려 적극적으로 자신을 드러낼 것이다. 그럴 때면 개별적인 자아 대신 더 매력적인 집단적 폐

르소나 뒤에 숨고자 할 것이다.

고대 그리스에서 '페르소나'는 연극에서 배우가 쓰는 가면을 일컫는 말이었다고 한다. 뒤에 그 말은 사람이나 인격, 성격을 가리키는 단어들의 어원이 되었다. 여행에서도 우리는 다양한 가면을 쓰면서 자신의 모습을 바꾼다. 그러면서 부수적으로 알게 되는 것은 고향에서의 삶도 크게 다르지 않았다는 것이다. 다만 여행지에서 쓰는 가면이 조금 낯설 뿐이다.

3

호메로스의 서사시 『오디세이아』에서 오디세우스는 집으로 돌아가는 긴 여행의 초반에 외눈박이 괴물 키클롭스와 얽힌다. 그런데 자세히 읽어보면 오디세우스는 운이 나빠서 키클롭스에게 봉변을 당하는 것이 아니다.

오디세우스와 그의 부하들은 어떤 무인도에 상륙하게 된다. '키클롭스들의 나라에서 멀지도 가깝지도 않은' 이

섬에는 야생 염소들이 수없이 많이 살고 있다.[*] 키클롭스들은 배가 없어서 바다를 건너지 못하기 때문에 안전하다. 배를 댈 안전한 포구도 있고, 샘물도 솟아나며, 포도나무도 있었다. 철따라 나지 않는 것이 없는 섬. 그들은 거기서 그저 순풍이 불기만 기다리면 되는 터였다. 오디세우스와 부하들은 '그날 해가 질 때까지 온종일 그곳에 앉아 말할 수 없이 많은 고기와 달콤한 술로 잔치를 벌였'다.

그런데 하룻밤을 잘 자고 일어난 오디세우스는 갑자기 키클롭스들이 살고 있는 섬으로 가보겠다고 선언한다. 그래야 할 현실적인 이유는 하나도 없었다. 그는 키클롭스들이 어떤 자들인지, 폭력적이고 야만적이며 무도한 자들인지, 아니면 손님을 환대하고 신을 두려워하는 이들인지를 알아보겠다고 한다. 그래서 그는 한 척의 배만 끌고 키클롭스의 섬에 상륙한다. 오디세우스와 부하들은 주인이 없는 동굴에 들어가 키클롭스가 키우고 있는 양과 염소, 치즈와 유장 등을 발견한다. 부하들은 새끼 염소와 새끼

[*] 호메로스, 『오뒷세이아』, 천병희 옮김, 도서출판 숲, 2015, 218쪽.

양, 치즈만 가지고 어서 배로 돌아가자고 간곡히 애원하지만 오디세우스는 물리친다. 그는 키클롭스가 '내게 선물을 주는지 보고 싶었'다고 말하고는 남의 집에서 불을 피워 제물을 바치고(양이나 염소를 잡아 구워 먹었다는 뜻) 치즈를 가져다 먹는다. 그러니까 오디세우스는 멀쩡히 잘 살고 있는 키클롭스의 땅으로 들어가 마치 도적처럼 그의 집이라 할 수 있는 동굴을 '습격'해서 그의 음식과 재산을 약탈한 것이다. 그러면서도 그는 언감생심 키클롭스가 자신에게 줄 선물까지 기대하고 있다. 도대체 오디세우스는 뭘 믿고 이런 어이없는 기대를 했을까?

하루의 일과를 마치고 거처로 돌아와 불을 피우던 키클롭스는 오디세우스 일행을 발견하자 당장 이렇게 묻는다. "너희들은 누구인가? 어디로부터 물길을 따라 흘러왔느냐? 무역을 하려는 것인가 아니면 해적들처럼 목숨을 걸고 파도를 타고 다니며 약탈을 일삼는 자들인가?"* 장

---

* Homer, Robert Fagles(trans), *The Odyssey*, New York: Penguin, 1996, p. 219.

사꾼이라면 거래를 하고 떠나면 그만이다. 그러나 바다를 떠도는 도적떼라면 문제가 심각하다. 그래도 그렇지 키클롭스에게 해적이냐는 힐난을 받은 트로이의 영웅 오디세우스의 자존심은 큰 상처를 입었을 것이다. 장사꾼 아니면 해적이라니! 발끈한 오디세우스는 자신이 누구인지를 밝히며 제우스신과 아가멤논을 들먹인다. 자신은 트로이에서 오는 길이며 바다를 헤매고 있는데, 이것도 아마 제우스의 뜻이고 계획일 것이다. 또한 자신은 명성이 하늘 아래 가장 큰 아가멤논의 백성임을 자랑스럽게 여긴다고 말한다. 아가멤논의 명성은 '큰 도시들을 함락했고 많은 백성들을 죽'여서 얻은 것이다.

아가멤논의 백성인 우리로 말하면 혹시 그대가 환대해주거나 아니면 손님의 당연한 권리인 그 밖에 다른 선물을 줄까 해서 이리로 와서 그대의 무릎을 잡는 것이오.
가장 강력한 분이여! 그대는 신들을 두려워하시오. 우리는 그대의 탄원자들이오. 제우스께서는 탄원자들

과 나그네들의 보호자시며 존중받아 마땅한 손님들과
동행하시는 손님의 신이시오.[*]

다시 말해, 자신은 트로이전쟁의 승자인 아가멤논의 백
성이고, 또한 제우스가 사랑하는 사람이니 어서 자신을
알아보고 대접하라는 것이다. 그러나 키클롭스는 코웃음
을 치고 바로 그들 중 두 명을 '마치 강아지처럼 움켜쥐더
니 땅바닥에 내리'친 다음 '토막 쳐서 저녁식사를 준비하
고 산속에 사는 사자처럼 내장이며 고기며 골수가 들어
있는 뼈들을 남김없이 먹어치'우는 것으로 대답한다.

오디세우스가 위험을 자초하게 된 것은 무엇 때문이었
을까? 호메로스의 서술에 따르면 그것은 오디세우스의
허영과 자만심이었다. 그는 부하들의 만류에도 불구하고
키클롭스의 동굴을 제 발로 찾아간다. 원래 당도했던 섬
에도 부족한 것은 없었다. 단지 그는 자신이 누구인지를
키클롭스에게 알리고 싶었던 것이다. 내가 누구인지 알

[*] 호메로스, 『오뒷세이아』, 천병희 옮김, 도서출판 숲, 2015, 224쪽.

아? 난공불락의 트로이가 누구 덕에 함락되었는지 알아? 용맹한 아킬레우스가 아니라 바로 나, 트로이 목마를 고안한 영리하고 꾀 많은 오디세우스님 덕분이다.

아무것도 아쉬울 것이 없는 무인도에 도착했지만 오디세우스의 마음은 어딘가 허전했던 것이다. 말 못하는 염소떼뿐이었던 것. 배가 채워지자 그의 마음속에 다른 욕구가 고개를 들었다. 인정의 욕구. 낯선 땅에 사는 존재로부터 찬사를 듣고 싶었던 것이다. 고향 이타케에서는 왕이었고, 트로이에선 영웅이었다. 다시 말해 그는 언제나 섬바디였다. 그런데 이제 그는 아무것도 아니었다. 예측할 수 없는 무시무시한 바다는 그의 뜻대로 움직이지 않았다. 그는 그저 거대한 바다 위에 떠 있는 작은 나뭇잎과 같은 존재가 되어버렸다. 그의 자아는 쪼그라들었다.

어렸을 때는 이런 대목을 보지 못했다. 그냥 어쩌다 길을 잘못 들어 키클롭스의 동굴 속으로 들어가버린 것쯤으로 기억하고 있었다. 그러나 호메로스는 꽤 많은 분량을 할애하여 오디세우스가 어떻게 이런 위기를 자초하게 되었는가를 노래하고 있었다.

여행을 하는 동안 많은 여행자들이 정체성의 위기를 겪는다. 여행지에서는 그저 이런저런 범주에 따라 분류될 뿐이다. 그래서 오디세우스는 자신이 누구인지를 밝히고 고향에서 받는 대접을 요구하고픈 유혹을 느꼈고 실제로 실행에도 옮긴다. 그러나 원하던 것을 얻기는 쉽지 않다. 현지인들은 여행자에게 큰 관심이 없다. 그들은 곧 떠날 것이며 잊혀질 것이다. 오히려 여행자에게 너무 큰 관심을 갖는 현지인이 있다면 조심해야 한다. 그들에게 필요한 무언가를 갖고 있다는 뜻이고, 그 필요가 너무 절박하면 그들은 폭력을 써서라도 강탈하려 할 것이다. 이른바 '예의바른 무관심' 정도가 현지인과 여행자 사이에는 적당하다. 그런데 오디세우스는 그 욕구를 해소하기 위해서는 안 될 일을 저지르고 말았다. 굳이 갈 필요가 없는 위험한 곳으로 가서 주인의 허락도 받지 않고 그의 음식에 손을 댔으며, 주인이 돌아온 후에도 사과는커녕 융숭한 대접과 선물을 요구했다. 그의 행동은 분명 과했지만 그 마음까지 이해가 안 되는 것은 아니다.

나 역시 국내에서 여러 권의 책을 내고 작가로서 자리

여행의 이유

를 잡은 후에는 여행을 떠나는 마음이 습작생이었던 시
절과는 달라졌다. 서점에 가면 좋은 자리에 내 책이 놓여
있고, 꾸준히 내 책을 읽어주는 독자들이 있다(는 것을 알
고 있다). 그러나 해외에 나가면 여전히 나는 노바디였다.
2003년에 아이오와 국제 창작 프로그램에 참가했을 때,
나는 서른다섯이었고 작가가 된 지 구 년째였지만 해외에
서 나온 책은 『나는 나를 파괴할 권리가 있다』의 프랑스
어판밖에 없었다. 그후로 세월이 십 년쯤 더 지났을 때는
상황이 더 나아졌다. 이제 영어판으로 나온 책도 여러 권
이 되었고, 그 밖에도 여러 언어로 소설이 번역되어 여행
지의 서점 외진 구석에서라도 내 책을 발견할 수 있게 되
었다. 그러나 노바디라는 느낌은 여전했다. 작가가 되기
전에는 오히려 여행을 떠나면 특별한 뭔가가 되는 느낌이
었는데 작가로 자리를 잡고 난 뒤에는 그 반대가 되었다.
국내에서는 내가 누구인지를 나도 알고 다른 사람도 아는
데, 해외에 나가면 내가 누구인지를 나만 아는 것 같았다.
자기가 누구인지를 자기만 아는 상태가 지속되면 키클롭
스의 섬으로 쳐들어가는 오디세우스와 비슷한 심리 상태

가 될 수 있다. 우리의 정체성은 스스로 확인하는 것만으로는 부족하며, 타인의 인정을 통해 비로소 안정적으로 유지된다.

어느 집에서 두 자매가 재미있는 장난을 벌였다. 아침 식사를 하러 나온 언니가 먼저 시작했다. 평소와는 달리 엄마에게 극존칭을 쓰며 말을 높인 것이다. "어머니, 안녕히 주무셨습니까? 아침을 차려주셔서 정말 감사합니다. 진심으로 감사드립니다." 처음에는 장난으로 생각해 웃어넘긴 엄마도 큰딸이 밥을 먹는 내내 계속해서 말을 높이고 예의를 차리자 큰딸이 머리가 어디가 이상해진 것은 아닌가 생각했다. 그런데 둘째딸이 나와서 언니와 똑같은 행동을 하기 시작했다. 그쯤 되자 엄마는 자기가 이상해진 것은 아닌지 생각하기 시작했고, 두 딸에게 소리를 지르며 화를 냈다. "그만해!"

이 장난은 우리의 정체성이 얼마나 취약한 토대 위에서 있는지를 보여준다. 여행지에서 우리가 겪는 불안도 그와 비슷하다. 가정과 학교와 직장에서 내가 누구인지를 알아봐주고 인사해주고 말을 건네주는 많은 사람들 덕분

여행의 이유

에 우리는 자기가 누구인지에 대해 확고한 의식을 가지고 살아갈 수 있다. 그중 몇몇만 다르게 행동해도("누구시더라?") 우리는 흔들린다.

해외여행을 떠난 여행자가 비행기에서 내려 가장 먼저 거치는 절차는 입국심사다. 오직 여권이라는 증명서만이 내가 누구인지를 무표정한 입국심사관에게 입증한다. 그는 여권에 등재된 인물이 과연 내가 맞는지를 의심할 수 있다. 정체성에 대한 불신, 숨겨진 정체에 대한 상상이 그들의 일이다.* 간혹 입국심사관이 서툰 한국어로 '안녕하세요?' 인사를 건네기도 한다. 친절의 포즈 정도로 이해하고 지나가는 사람이 많지만 실은 진짜 한국인인지 간단하게 판별하는 질문이다. 한국인이라면 밝은 표정으로 살짝 미소를 띠며 그 인사를 받을 것이다. 그러나 위조된 한국 여권을 가지고 입국하려던 외국인이라면 심상하게 그 인

---

* '보안 요원들은 스릴러 작가들과 마찬가지로, 삶이 실제로는 일반적으로 눈에 보이는 모습보다 더 다사다난한 현장이라고 상상하는 대가로 보수를 받는다.' 알랭 드 보통, 『공항에서 일주일을』, 정영목 옮김, 청미래, 2009, 93쪽.

사를 받아넘기지 못할 것이다. 입국심사는 질문과 답변으로 구성되어 있기 때문에 아무리 떳떳한 여행자라도 언제나 긴장하게 된다.*

입국심사를 무사히 통과하고 나면 키클롭스의 섬에 도착한 오디세우스 같은 상황이 된다. 내가 누구인지를 아무도 모르는 곳. 니하오마와 곤니치와의 시험을 통과해 겨우 한국인임을 알리는 데 성공하더라도 너의 코리아는 노스냐 사우스냐를 묻는 질문이 기다리고 있다. 모국에서 가지고 있던 복잡한 정체성은 남한 출신의 여행자라는 간단한 스테레오타입으로 대체된다. 이때 오디세우스가 느낀 유혹, 키클롭스라는 타자를 향해 '내가 누구인지 아느냐'고 묻고 싶은 충동을 억제할 수 있느냐가 성숙한 여행의 관건이다. 그러나 젊은 날의 나는 그러지 않았다. 다시는 볼 일이 없는 이들에게 내가 작가라고 알리곤 했던 것이다. 그러면 그들은 물었다. 주로 어떤 글을 쓰

* '많은 승객들이 질문이나 검색을 받을 때 불안이나 분노를 느낀다면 그것은 비록 잠재의식 수준에서라고 해도 그런 조사가 죄를 묻는 것처럼 느껴지기 십상이기 때문이다.' 같은 책, 99쪽.

여행의 이유

시나요? 나는 소설이라고 대답하고 그러면 대화는 그쯤에서 끊긴다. 여행을 거듭하면서 나는 알게 되었다. 작가는 '주로 어떤 글을 쓰'는지를 굳이 설명해줄 필요가 없는 이들, 즉 그 글을 읽은, 다시 말해 독자에게만 작가라는 것을.

폴란드어로 『빛의 제국』이 번역 출간된 직후 출판사의 초청을 받아 바르샤바를 방문한 일이 있었다. 바르샤바대학 구내의 한 강당에 사람들이 모여 있었고 그들은 내가 폴란드어판 『빛의 제국』의 작가라는 것을 잘 알고 있었다. 이런 여행에서는 적어도 정체성이 위협받을 일은 없다. 나는 연단에 마련된 의자에 앉았고 내 옆에는 번역가와 출판사 대표, 그리고 비평가가 앉았다. 나는 약 오 분 정도 책의 일부를 한국어로 낭독했다. 번역가가 나보다는 훨씬 길게 폴란드어로 소설을 읽었다. 그러고 나서는 토론이 시작되었다. 처음에는 번역가가 오고가는 이야기를 통역해주었지만, 전문 통역사도 아닌 번역가가 그걸 계속하는 것은 무리였다. 나는 더이상은 통역할 필요가 없다고 말해주고 조용히 그 강당에서 벌어지는 일을 관찰하기 시작했다.

　내가 왜 여기 앉아 있는 거지? 내가 『빛의 제국』의 원서, 즉 한국어판의 저자이기 때문이었다. 그러나 그들이 읽은 것은 번역가가 폴란드어로 옮긴 책이었다. 출판사에서 증정본을 받긴 했지만 나는 내 이름 말고는 한 단어도 읽을 수가 없었다. 도대체 뭐라고들 하고 있는 건지 도통 오리무중이었다. 다른 행사에서 거의 완벽하게 동시통역이 제공되는 경우도 경험했지만 그렇다 해도 기분은 크게 다르지 않았다. 기묘한 경험이었다. 모두 내 머릿속에서 나온 이야기이고, 내 손으로 쓴 소설인데, 그것에 대해 떠드는 이야기를 알아들을 수 없는 사람은 그 강당 안에서 오직 나 혼자였던 것이다.

　그러니까 나는 단지 일종의 상징으로 제단에 모셔진 것이었다. 마치 과거에 내가 한 어떤 일에 대해 증인으로 참석한 것 같기도 했다. 내가 거기 있기 때문에, 내가 비행기를 타고 먼길을 왔기 때문에, 그런 일이 흔히 일어나는 일이 아니기 때문에 독자들이 모일 수 있었고 그걸 기회로 출판사는 책 홍보를 할 수 있게 되는 것이다.

이런 상황에서 작가들은 다양하게 행동한다. 번역된 작품에 대해서도 완벽하게 통제하고 싶어하는 작가도 있다. 그들은 번역과정에서 행여 '원작이 훼손'되지 않도록 번역자와 긴밀히 소통하기도 한다. 해외의 독자들도 모국어 독자들과 다르지 않다고 여긴다. 반면 신경을 거의 쓰지 않거나 아예 무심한 작가도 있다. 번역과정에서 일어나는 '손실'과 '누수'를 당연한 것으로 받아들이는 것이다. 다들 처음부터 그렇게 된 것은 아니고 작가로서 이런저런 일들, 특히 모국어의 경계를 넘어 전혀 다른 언어를 쓰는 독자들을 만나는 경험이 쌓이면서 나름의 태도들을 결정하게 되었을 것이다.

나 역시 일련의 일들을 통해 태도를 정했다. 나는 내가 모국어로 쓴 것까지가 내가 책임질 수 있는 한계라고 생각하게 되었고, 작가와 독자로서 소통할 수 있는 채널도 모국어로 한정했다. 번역된 작품은 더이상 내 소유가 아니라 해당 언어권 문화의 일부가 된다고 생각한다. 따라서 해외의 초청에 응할 때는 그저 일종의 상징이나 증인으로 모셔지는 게 내 역할이라는 것을 받아들이게 되었다. 한두 시간 정도 연단에 앉아 맡겨진 역할을 수행하고 나머지 시간은 여행자가 되어 보내면 되는 것이다.

2013년 가을, 뉴욕에서의 경험도 일조했다. 그해에 『검은 꽃』 영역본이 출간되면서 2012년에 떠나온 뉴욕을 다시 가게 되었다. 이 소설은 여러모로 내게 의미가 각별했다. 내가 과연 평생을 작가로 살아갈 수 있을까 고민하던 시기에, 과감하게 멕시코와 과테말라로 떠났고 안티구아라는 낯선 도시에서 소설의 초반부를 썼다. 이 여행은 소설 출간에 즈음하여 쓴 산문에 짧게 요약되어 있다.

나는 일본항공 비행기를 타고 멕시코로 날아갔다. 생각 같아서는 이민자들의 행로를 따라 배를 타고 가고 싶었지만 그럴 수는 없었다. 멕시코까지 날아가는 여정만 해도 천신만고였다. (어쩐지 이상하게도 값이 쌌던) 이 비행기는 도쿄와 밴쿠버를 들러 승객을 태우고 가는 바람에 물경 24시간이 다 걸려서야 치안 상태 불량한 걸로 세 손가락 안에 꼽힌다는 멕시코시티 공항에 우리를 내려놓았다. 멕시코시티는 그 자체로 라틴아메리카

여행의 이유

가 가진 모든 것을 다 품고 있었다. 인상적인 유물, 가면, 도자기, 피라미드 같은 좋은 쪽으로부터 도둑, 택시 강도, 매연, 오염, 무절제, 카니발적 광기, 경제 불안과 같은 나쁜 쪽까지 다 아우르는 광범한 스펙트럼을 갖고 있었다. 따라서 라틴아메리카 여행을 시작하는 곳으로는 그만이긴 했다.

나는 멕시코시티에서 일주일을 머무른 후, 비행기를 타고 유카탄반도의 거점도시이자 1905년의 이민자들이 각 농장으로 흩어졌던 메리다로 날아갔다. 그곳에 여장을 풀고 본격적으로 그들의 흔적을 찾아나섰다. (…) 가능하면 그들처럼 먹고 그들처럼 자려고 노력했지만 쉽지는 않았다. 에네켄 농장들은 황무지가 되어 있었고 반도엔 마야 유적들을 찾는 관광객들만 북적거렸다. 수소문 끝에 택시를 대절하여 찾아간 농장 역시 관광객을 대상으로 한 박물관으로 변해 있었다. 한때 채무노예들이 북적거렸을 들판엔 녹슨 무개차와 레일이 깔려 있었고 창고엔 에네켄 섬실이 먼지를 뒤집어쓴 채 수북이 쌓여 있었다. 농장주의 저택에서 버스를 타고 온 미국 관광객들이 유카탄의 전통 음식을 먹고 있었다. 햇볕은 뜨거웠고 바람이 불 때마다 먼지가 구름처럼 일어섰다.

당시의 조선인들이 세웠던 승무학교 건물은 전자제품 대리점이 되어 있었다. 남아 있는 것은 아무것도 없었다. 그들은 천천히 멕시코라는 용광로 속으로 들어가 완전히 사라졌다. 모든 것이 사라진 곳에서 소설이 시작되었다. 나는 한결 편한 마음으로 과테말라로 향했다. 기이한 것은 그들이 나라를 세우고 죽어간 티칼 역시 지금은 과테말라에서 가장 유명한 관광지가 되어 있다는 점이었다. 밀림 사이로 우뚝 솟은 마야의 피라미드들을 보러 일 년에 수십만 명의 관광객들이 찾아온다. 관광지가 됨으로써 '그들'의 흔적은 더 빨리 사라졌다. 나는 관광객의 한 사람이 되어 가이드를 고용하고 그가 이끄는 대로 밀림을 지나고 열대의 새들을 만나고 피라미드에 오르고 허름한 식당에서 살사 소스에 버무린 닭요리를 먹었다.

며칠 후 나는 해발 1500미터에 위치한 안티구아로

이동하여 그곳에서 그들의 이야기를 썼다.

메리다에 도착한 날, 아내는 에어컨이 없는 호텔에 묵어야 한다고 했다. 그래야 당시의 조선인들이 느꼈을 숨막히는 더위를 체험할 수 있다는 것이었다. 그래서 그렇게 했지만 한밤중에도 너무 더워 도저히 잠을 이룰 수 없었다. 우리는 하루 만에 탈출해 냉방이 되는 곳으로 호텔을 옮겼다. 영어로 쓰인 여행 안내서와 스페인어 사전에 의지하여 영 입맛에 맞지 않는 음식으로 배를 채우며 몇 달을 버텼다. 취재의 고통이 전부는 아니지만 그래도 그렇게 시작한 소설이어서 나와 아내는 그 소설에 각별한 정 비슷한 게 있었다.

뉴욕은 이 년 반이나 살았으니 새로울 것은 없었다. 우리는 브루클린의 부시윅이라는 동네에 거처를 정했다. 그런데 예상치 못한 일이 벌어졌다. 강력한 허리케인이 미국 동부를 강타한 것이다. 그때의 이야기를 당시 정치권의 게임 규제 움직임과 관련하여 이듬해 한 신문에 칼럼으로 썼다.

허리케인 샌디가 뉴욕으로 접근하던 작년 10월, 아
내와 나는 브루클린 부시윅Bushwick의 원베드룸 아파
트에 도착해 짐을 풀고 있었다. 아파트는 에어비앤비
Airbnb.com를 통해 구했다. 게임업계에서 디자이너로
일한다는 집주인은 그 근방에서 흔히 볼 수 있는 젊
은 힙스터였다. 4층에 위치한 아파트에는 엘리베이터
도 없었고 거실의 소파는 가운데가 푹 꺼져 한 사람밖
에 앉을 수가 없었다. 약간 실망을 하며 앉아 있는데 주
인이 리모컨을 집어들고 버튼을 눌렀다. 천장에서 대
형 스크린이 내려왔다. 소니의 플레이스테이션과 마이
크로소프트의 엑스박스, 동작감지 카메라와 8.1채널의
스피커의 전원도 켰다. 그는 신나게 작동법을 설명하
고 있었지만 나는 건성으로 들었다. 콘솔게임이나 하
자고 열네 시간이나 비행기를 타고 날아온 것은 아니
었다.

　며칠 후, 허리케인 샌디가 뉴저지와 뉴욕 일대를 강
타했다. 사람들이 슈퍼마켓으로 몰려가 물과 파스타,
빵, 바나나를 사들였고 곳곳의 전기가 끊겼다. 『검은

꽃』 출간 기념행사는 취소되었다. 하필 샌디가 상륙하는 바로 그날이었다. 밤이 지나면서 맨해튼과 브루클린 사이를 오가는 지하철들이 대부분 운행을 중단했다. 맨해튼으로 향하는 셔틀버스 정류장엔 수백 미터가 넘는 줄이 늘어섰다. 우린 아무데도 갈 곳이 없었다. 그제야 거실 구석의 플레이스테이션과 엑스박스가 눈에 띄었다.

그로부터 몇 주 동안 나는 '킬존'이라는 게임 속에서 살았다. 아침에 일어나자마자 기관총처럼 생긴 조이스틱을 들고 스크린 속의 적들을 쏘기 시작해 팔이 아파더는 못할 때까지 계속했다. 나는 각종 타코와 코로나 맥주를 사다 먹으면서 밤까지 수천 명을 죽였다(부시윅은 중남미 이민자들이 모여 사는 곳이어서 집 밖으로 나가기만 하면 멕시코 음식점들이 있었다). 눈이 퀭하게 들어가고 체중이 많이 빠졌다.

돌아보면 내 인생은 온갖 중독과의 싸움이었다. 십오 년을 피우던 담배를 끊는 데 겨우 성공한 것은 서른세 살 때였다. 그전까진 침대에서도 담배를 피우는 골

초였다. 『빛의 제국』을 쓰던 2006년 무렵에는 매일 밤 위스키와 맥주를 섞은 폭탄주를 만들어 마셨다. 그래야 잠이 들었다. 이 버릇을 고치는 데에도 또 몇 년이 걸렸다. 컴퓨터게임들에도 쉽게 중독되었다. 이십대에는 중국의 고전 『삼국지』를 기반으로 만든 롤플레잉게임 '삼국지'에, 몇 년 후에는 일상생활을 그대로 재현하는 '심즈', 전략 시뮬레이션게임인 '스타크래프트'에도 빠졌다. 청소년기에는 만화책이나 무협지에 과몰입하기도 했다.

이렇게 다양한 중독과 싸우면서도 나는 1996년부터 지금까지 일곱 권의 장편소설과 네 권의 단편소설집, 그리고 일곱 권의 산문집을 출간했다. 중독이 나의 시간을 많이 빼앗아가기는 했지만 그렇다고 내 생산력을 크게 좀먹은 것도 아니었다. (…)

내가 부시윅의 아파트에서 조이스틱을 내려놓고 현실 세계로 걸어 나갈 수 있었던 것도 법과 재활센터의 도움 덕이 아니었다. 어느 날 총을 쏘다 지쳐 앉아 있는 나에게 그동안 지켜만 보고 있던 아내가 다가와 물었

여행의 이유

다(그렇다. 나에게는 '아직' 아내가 있었다). "아직도 재밌어?"

잠깐 생각해보고 나는 고개를 저었다. 아니. "그럼 나가자."

허리케인은 이미 오래전에 지나갔고 도시는 거의 완전히 복구돼 있었다. 우리는 센트럴파크에 가서 낙엽을 밟으며 산책을 했다. 청명한 뉴욕의 가을이 내 머리 위로 지나가고 있었다. 군데군데 강풍에 가지가 부러진 우람한 나무들이 보였다. 문득 게임을 하는 내내 우울했었다는, 한 번도 즐겁지 않았었다는 생각이 들었다. 죽음도 삶도 없는 그 어두운 연옥으로 다시는 돌아가지 않겠다고 나는 아내에게 말했다. 우리는 베트남 음식을 사 먹고 브루클린으로 돌아왔다.

(…)

뉴욕에서 돌아온 후 나는 또 한 편의 장편소설을 탈고해 올여름에 출간했다. 게임에 몰입해 세상과 단절된 채 살았던 브루클린 시절을 돌아보는 일은 울적하고 부끄럽다. 그러나 결국은 벗어나 내가 가장 좋아하는 일

로 돌아올 수 있었다.[*]

칼럼에선 언급하지 않았지만 미국 출판사는 허리케인이 지나가고 도시가 복구되자 행사 일정을 다시 잡자고 연락을 해왔다. 나는 그럴 필요 없다고 거절하고 계속 게임만 했다. 그들은 이해할 수 없어 했다. 무책임한 행동이었다. 열네 시간을 비행기를 타고 지구 반대편으로 온 작가는 왜 브루클린의 아파트에 틀어박혀 모습을 드러내지 않는단 말인가.

시간이 많이 흐른 후에야 그 시기에 내가 겪은 것이 단순한 게임 과몰입이 아니라 가벼운 우울증이었을 수도 있다는 생각이 들었다. 인생이 뜻대로 풀리지 않던 시절이면 나는 무엇에든 쉽게 중독되어 자신을 잊기를 바랐다. 뉴욕에서도 그랬을 것이다. 도착하자마자 허리케인을 만났고, (그것 때문은 아니지만)『검은 꽃』영어판은 출판사

<hr>

* Young-Ha Kim, "Life Inside a Playstation," *New York Times*, 2013년 11월 24일.

198   여행의 이유

의 노력에도 불구하고 별 반응 없이 묻혀버렸다. 미국은 책이 출간되기 몇 달 전부터 리뷰 카피가 돌기 때문에 책이 서점에 깔리기 전에 이미 어느 정도 독서계의 반응을 예상할 수 있다. 미국의 독자들은 한국의 작가가 백 년 전 멕시코를 배경으로 쓴 이민사 이야기에 별 관심을 보이지 않았다. 미국에서 출간된 전작들, 『나는 나를 파괴할 권리가 있다』나 『빛의 제국』에 비하면 반응이 아예 없다시피 했다. 좌절은 공격성으로 이어졌을 것이고, 마침 나의 손에는 조이스틱이 쥐여 있었고, 나는 스크린에 나타나는 적들을 향해 원 없이 총을 쏘아댔다.

조이스틱을 내려놓은 뒤부터는 아내와 함께 우리가 그렇게 좋아하던 센트럴파크에 자주 나가 걸었다. 자연은 그대로 거기 있었다. 그들은 내가 누구인지도 모르고 상관하지도 않았다. 다만 우주의 시간표에 따라 변화하고 있을 뿐이었다. 노랗게 물들며 쏟아져내리는 은행잎을 맞으며 나는 연못과 작은 둔덕들 사이를 오갔다. 뉴욕의 가을을 만끽하려는 수천 명의 이름 없는 관광객들 사이에 묻혀 걸었다. 몇 주 동안 겪은 어둠이 천천히 녹아 사라졌다. 사실 뉴욕에 와서 잃은 것은 아무것도 없었다. 잠시 '아무것도 아닌 자'가 되었을 뿐이다. 나는 돌아와 새 소설을 시작해 이듬해 여름에 출간했다. 한때 무시무시했던 살인자가 자기가 누구인지조차 잊어버리게 되는, 노바디 중의 노바디가 되어버린다는 이야기였다.

4

실뱅 태송의 말처럼 여행이 약탈이라면 여행은 일상에서 결핍된 어떤 것을 찾으러 떠나는 것이다. 우리가 늘 주변에서 쉽게 얻을 수 있는 것이라면 뭐하러 그 먼길을 떠나겠는가. 여행지에서 우리는 어쩔 수 없이 '아무것도 아닌 자'가 되는 순간을 경험하게 된다. 여행은 어쩌면 '아무것도 아닌 자'가 되기 위한 것인지도 모른다. 나이가 들면서, 점점 더 사회적으로 나에게 부여된 정체성이 때로 감옥처럼 느껴지는 순간이 많아지면서, 여행은 내가 누구인지를 확인하기 위해서가 아니라 내가 누구인지를 잠시 잊어버리러 떠나는 것이 되어가고 있다.

꾀 많은 오디세우스가 키클롭스의 동굴을 어떻게 빠져나가는지는 『오디세이아』에서 가장 유명한 장면 중 하나일 것이다. 오디세우스와 열두 명의 부하는 차례로 죽임을 당하고 있다. 거대한 바위로 입구를 막아놓았기 때문에 출구는 없다. 이때 오디세우스는 자신들이 가져온 귀한 포도주를 키클롭스에게 선물한다. 포도주에 기분이 좋아진 그는 오디세우스에게 이름이 뭐냐고 묻는다. 이때 오디세우스는 그리스어로는 우티스Outis, 영어로는 노바디Nobody, 우리말로는 '아무도안'이라고 답한다.* 기분이 좋아진 키클롭스는 포도주 선물에 대한 답례를 하겠다고 한다. 가장 마지막에 '아무도안'(인 놈을) 잡아먹겠다는 것이다. 생명을 연장한 오디세우스는 살아남은 부하들과 함께 술에 취해 잠든 외눈박이 괴물 키클롭스의 눈을 찌른다. 비명을 듣고 동굴 밖으로 몰려온 다른 키클롭

---

* 천병희는 '아무도아니'로 번역했지만 '아무도안'이 우리말 조사와 연음하며 읽을 때 더 재미있게 들리는 것 같아 이 책에서는 '아무도안'으로 표기한다.

스들은 누가 그를 괴롭히느냐고 묻는다. 키클롭스는 대답한다. '나를 죽이려는 놈은 아무도안이야.' 영어로는 'Nobody is killing me'로 번역되는 이 말은 재미있는 말장난으로 우리말로는 어떻게도 완벽하게 번역하기 어렵지만 어쨌든 자기를 죽이려는 놈은 아무도 없다는 뜻이 된다. 다른 키클롭스들은, 아무도 죽이려는 이가 없는데 저렇게 소리를 지르는 걸 보니 미쳤나보다 생각하고 돌아가버린다.

여행자의 변화라는 관점에서 이 이야기를 다시 읽어보면 흥미롭다. 여행자 오디세우스를 위험에 빠뜨린 것은 그의 허영심이었다. 그가 위험에서 벗어난 것은 스스로를 노바디로 낮춘 덕분이었다. 그는 자기 이름을 감추고 '아무도 안'인 존재가 되었다. 그리고 숫양의 배 아래에 몸을 숨겨(가장 약한 존재인 양의, 그것도 배 아래에 바짝 달라붙어서야 겨우) 키클롭스의 동굴, 자신의 허영심이 초래한 죽음의 위기에서 탈출하게 된다. 그는 살아남은 부하들과 함께 정박해둔 배로 달려간다. 그리고 서둘러 섬을 떠난다. 그러나 성공적인 탈출에 흥분한 그의 내면에서 다시 허영과 자만이 고개를 쳐든다. 그는 '사람의 고함소리가 들릴 만큼 섬에서 멀어'지자 키클롭스를 조롱하기 시작한 다. 그러자 화가 난 키클롭스는 큰 산의 봉우리 하나를 뜯어내 그들 쪽으로 던진다. 그 때문에 배는 다시 섬 쪽으로 밀려가고 그의 부하들은 그를 만류한다. 제발 키클롭스를 자극하지 말라고. 그러나 오디세우스는 더욱 신이 나서 소리를 지른다. 누가 눈을 그렇게 멀게 했느냐고 묻거든 '이타케에 있는 집에서 사는 라에르테스의 아들 도시의 파괴자 오디세우스라고 말하'라고 한다. 이름에 주소까지 공개한 것이다. 그는 노바디에서 다시 섬바디로 돌아왔고 그것을 자랑스럽게 떠벌리기까지 했다. 이후로 오디세우스와 그의 부하들이 겪는 고난은 모두 이로 인해 비롯된 것이다. 횡액을 입은 키클롭스는 아버지 포세이돈에게 기원한다.

'내 말을 들으소서. 대지를 떠받치시는 검푸른 머리의 포세이돈이시여! 내가 진실로 그대의 아들이고 그대가 내 아버지이심을 자랑스럽게 여기신다면 이타케에 있는 집에서 사는 라에르테스의 아들 도시의 파괴자 오디세우스가 집에 돌아가지 못하게 해주소서. 그러나 그자가 가족들을 만나고 잘 지은 집과 제 고향 땅에 닿을 운명이라면 전우들을 다 잃고 나중에 아주 비참하게 남의 배를 타고 돌아가게 해주시고 집에 가서도 고통받게 해주소서.'*

포세이돈은 눈을 잃은 아들의 청을 들어주고, 제우스도 설득해 오만한 오디세우스에게는 십 년에 걸친 끝없는 고난을 부과하게 된다. 바다를 건너지 않고는 집으로 돌아갈 수 없는 그로서는 포세이돈과의 불화는 참으로 괴로운 것이었다. 이 일화는 흔히 오디세우스의 영리함을 드러내는 이야기로 알려졌지만, 나는 여행자의 바람직한 마음가짐으로 읽었다. 허영과 자만은 여행자의 적이다, 달라진 정체성에 적응하라, 자기를 낮추고 노바디가 될 때 위험을 피하고 온전히 고향으로 돌아갈 수 있다.

* 호메로스, 『오뒷세이아』, 천병희 옮김, 도서출판 숲, 2015, 234~235쪽.

여행의 이유

그후로 오디세우스는 신중해진다. 파이아케스인들은 바닷가에 표류한 오디세우스를 누구인지도 모른 채 환대한다. 그런 융숭한 대접을 받으면서도 그는 자신이 누구인지('도시의 파괴자 오디세우스')를 내세우지 않으려 한다. 고향인 이타케로 들어갈 때도 그는 누더기를 걸친 걸인의 모습으로 위장한다. 하녀들이 좋은 잠자리를 마련해주어도 사양하고 '무두질하지 않은 소가죽과 양들의 모피들을 깔고 바깥채에서' 잔다. 그는 섬바디로 여행을 시작했지만 허영과 자만으로 화를 자초한 이후부터는 노바디로 스스로를 낮추었고 그 덕분에 고난의 여행을 무사히 마치고 고향으로 돌아갈 수 있게 되었다.

귀향한 오디세우스가 맞닥뜨린 현실은 공교롭게도 키클롭스가 겪은 일을 뒤집어놓은 것과 같다. 그의 아들 텔레마코스는 이렇게 말하고 있다.

"내 어머니는 싫다고 하시는데도 구혼자들이 치근대고 있는데 (…) 그들은 날마다 우리집에 찾아와 소들과 양들과 살진 염소들을 잡아 제물로 바치고 잔치를 벌이며 반짝이는 포도주를 마구 마셔대고 있소이다."*

이제 오디세우스는 주인의 입장에서 습격을 감행한 무도한 자들을 축출해야 하고, 실제로 그렇게 한다. 그는 그들을 모조리 주살하고 그들에게 협력한 열두 시녀들(우연찮게도 키클롭스의 동굴에 갇혔던 오디세우스의 부하들과 같은 숫자다)의 목을 궁전의 들보에 매단다. 평화가 회복되고 오디세우스는 여행자에서 정주민으로 돌아온다. 그는 다시 섬바디가 된다. 아내를 구하고 가정을 회복한다.

남의 땅에서 우리의 힘은 약해진다. 약해지기 때문에 더더욱 자기 존재를 타인으로부터 확인받고 싶어한다. 그럴 때 우리는 그들의 환대와 인정, 선물이 필요하다. 물론 자본주의는 이런 습격을 부드러운 거래로 바꾸었다. 그러나 그 거래로 모두가 이익을 얻는 것은 아니어서 누군가는 동굴로 돌아온 키클롭스의 마음으로 외부인을 적대하거나 무시한다. 그럴 때 여행자는 더 큰 불안과 좌절을 겪

* 같은 책, 43쪽.

고 공격성을 드러내기도 한다. 여행은 습격이 되고 여행자는 침입자가 된다. 그 결과는 불필요한 고난으로 여행자 자신에게로 돌아오곤 한다.

그러니 현명한 여행자의 태도는 키클롭스 이후의 오디세우스처럼 스스로를 낮추고 노바디로 움직이는 것이다. 여행의 신은 대접받기 원하는 자, 고향에서와 같은 지위를 누리고자 하는 자, 남의 것을 함부로 하는 자를 징벌하고, 스스로 낮추는 자, 환대에 감사하는 자를 돌본다. 2800여 년 전에 호메로스는 여행자가 지녀야 할 바람직한 태도를 오디세우스의 변화를 통해 암시했다. 그것은 허영과 자만에 대한 경계, 타자에 대한 존중의 마음일 것이다.

여행이 불가능한 시대의
여행법

'지금까지 여행했던 곳 중에서 가장 기억에 남는 여행지는 어디인가요?' 같은 질문을 많이 받는다. 가장 기억에 남는 여행은 『여행의 이유』를 내기 전이 아니라 뒤에 경험했다.

멀리 간 것 같지도 않았는데 눈을 떠보니 완전히 다른 세상이었다. 길에는 사람이 없었고, 식당들이 모두 문을 닫아 밖에서 밥을 사 먹을 수 없었다. 학교들도 휴교하여 아이들은 친구들을 만나지 못했다. 꼬리를 물고 이륙하는 여객기의 객실에는 승객이 거의 없었다. 공항 입국장에선 잔뜩 겁에 질린 소수의 승객이 면세점 봉투 하나 없이 서둘러 문밖으로 빠져나갔다. 길에서는 마스크나 손수건으로 코와 입을 막은 사람들이 어쩌다 맨얼굴로 활보하는 이를 보면 질색을 하며 에둘러 피해 갔다. 집단 감염이 발생한 남쪽 도시의 신흥 종교집단에 대한 흉흉한 소문이 퍼졌다. 자식들과 떨어져 요양원으로 들어간 노인들은 몇 달이 지나도록 바깥사람을 만나지 못하다가 외롭게 죽어갔다. 아는 사람의 아는 사람의 아는 사람이 감염되어 격리 중이라는 소식들이 자주 들려왔다. '사회적 거리두기'와 '밀접접촉'이라는 생경한 말이 어디서나 들렸다. 친밀감은 불온한 감정이었다. 악수가 사라졌고 친구보다 가족이 다시 중요해졌다. 대형병원이나 관공서 주차장에 설치된 천막 앞에 긴 줄이 늘어섰다. 고글을 쓰고 흰 방역복으로 머리부터 발끝까지 감싼 이들이 작은 구멍으로 팔만 내밀어 면봉으로 사람들의 콧속을 쑤셨다. 고개를 뒤로 젖힌 어두운 낯빛의 사람들은 인상을 찌푸리며 굴욕을 참아냈다. 오랜 휴업 끝에 문을 연 식당에선 아크릴 가림막이 설치된 식탁에서 사람들이 말없이 서로를 경계하며 조용히 밥알을 씹었다. 하지만 휴대폰이 없거나 휴대폰 사용에 익숙지 않은 이들은 아예 식당에 들어갈 수도 없었다. 식당 입구의 QR코드 판독기를 통과할 수 없기 때문이었다. 출근길 지하철과 시내버스의 내부는 무겁고 불편한 침묵만 흘렀다. KF94 마스크를 빈틈없이 착용한 승객들이 서로를 곁눈질하며 '밀접접촉'의 형벌을 견뎌냈다. 일자리를 잃은 관광업 종사자들은 이륜차 운전을 배워 음식 배달을 시작했다. 항공사와 여행사는 대규모 무급휴직을 실시했다. 감염되어 죽은 이들은 가족도 임종을 지키지 못했고 시신은 방역기관에 의해 영안실이 아니라 화장터로 바로 보내졌다. 집에 틀어박힌 사람들은 하루종일 뉴스만 보았다. 드라마와 영화 제작이 모두 취소되어 채널마다 신작이 실종되고 재방송이 넘쳐났다. 다른 나라는 더 지옥이었다. 시체를 실은 냉동 트럭들이 시내 곳곳에 주차돼 있고, 병원 복도까지 감염자들이 누워 있었다. 아직 효능을 확신할 수 없는 백신들이 여러 회사에서 출시되었고, 접종은 시민의 신성한 의무였다. 자의적 미접종자는 식당과 관공서 출입을 거부당했다. 와중에 주식과 부동산, 암호화폐 가치가 폭등했다. 집에서 오랜 시간을 보내게 된 이들이 새 책상과 새 침대, 새 조명을 사들였다. 아예 집 인테리어를 새로 하는 이들 때문에 디자이너, 목수 등 관련 전문가의 몸값이 뛰었고 가구 업체의 매출이 수직 상승했다. 오랜 거리두기로 손실이 누적된 자영업자들이 스스로 목숨을 끊고, 학교로 돌아온 아이들은 하루종일 마스크를 낀 채 친구들과 시간을 보냈다. 길어야 한두 달이면 끝날 것 같던 이 여행은 삼 년째가 되어서야 겨우 끝이 났다.

내가 처음 해외여행을 한 것이 1990년이었는데 정확히 삼십 년 만에 여행이 불가능한 시대를 경험한 것이다. 조짐은 1월부터 심상치 않았다. 중국 우한발 폐렴이 무섭게 확산되더니 중국 전역이 봉쇄되었다. 이 불길한 바이러스는 국경을 넘어 전 세계로 퍼졌다. 그 무렵 나의 일과는 아침에 눈을 뜨자마자 존스홉킨스대학에서 제공하는 세계 코로나19 사망자와 감염자 통계를 확인하고 그 음울한 숫자를 일기에 적는 것으로 시작했다. 어떤 역사적 시기를 통과하고 있다는 강렬한 확신이 들었기 때문이다. 하루가

여행의 이유

다르게 사망자와 감염자 모두 가파르게 늘었고, 한 달이 지나자 통계를 확인하는 게 더이상 의미가 없다는 생각이 들었다. 2020년 내내, 나는 가끔 동네에서 장을 보러 가는 것 말고는 그 어떤 외부 행사에도 참여하지 않고 집에만 틀어박혀 있었다. 전업작가라 나가야 할 직장이 있는 것도 아니어서 다행이었다. 다만 참을 수 없이 답답하고 불안할 때가 있었다. 그럴 때면 '나는 지금 이상한 질병이 퍼지는 나라를 여행 중이고, 이 불쾌한 여행도 언젠가 끝이 날 것이고, 그럼 나는 이걸 '여행기'로 쓰게 될 거야'라고 생각하면 기분이 조금 나아졌다. 팬데믹은 전 세계가 당면한 재난이었고, 내가 방구석에서 보내야 할 시간은 무한에 가까웠으므로, 나는 여러 다른 나라의 언론사 웹사이트를 찾아다녔다. CNN, BBC, 알자지라, NHK 등 방송매체들은 나름대로의 기민함으로 이 재난을 시각화했다. 그러나 처음 보았을 때도 그랬고, 사 년이 지난 지금까지도 가장 인상적으로 남아 있는 것은 2020년 3월 18일자 뉴욕 타임스의 대형 특집 기사 「The Great Empty」다. 1929년의 대공황이 'The Great Depression'의 번역어임을 감안하면

'대공허'쯤으로 번역될 제목이었다. 인터넷판 기사는 아무 텍스트 없이 흐린 하늘 아래 텅 비어 있는 프랑스 파리의 콩코르드광장과 오벨리스크 사진으로 시작한다. 아래로 스크롤을 해도 텍스트 대신 록다운으로 아파트에 갇힌 상파울루 시민들, 단 한 명의 관광객도 없는 뉴욕 타임스퀘어의 사진만 나온다. 런던도 뮌헨도 텅 비었고, 모스크바의 공연장에선 첼리스트가 혼자 아무도 없는 객석을 보며 무관중 공연을 하고 있다. 대공허를 시각화한 섬뜩한 사진들은 스크롤을 따라 계속 이어진다. 로스앤젤레스 샌타모니카 해변에는 오직 한 사람의 산책자만 보이고, 언제나 관광객으로 북새통을 이루는 바르셀로나 람블라스 거리엔 비둘기들만 가득하다. 로마 스페인계단의 분수는 말라 있고, 오가는 이가 하나도 없다. 주민과 관광객으로 붐볐던 전 세계의 유명 관광지들이 마치 재난 영화의 세트장처럼 보인다. 그 무렵, 앞이 보이지 않는 테너 안드레아 보첼리가 밀라노의 텅 빈 두오모광장에서 검은 연미복을 입고 〈어메이징 그레이스〉를 부르며 신의 자비를 구했다. 록다운으로 좁은 집에 갇힌 사람들은 유튜브로 그 장면을 보았다. 그 시절, 사람들은 아직 자신을 공격하는 이 바이러스의 정확한 정체를 알지 못했고, 이 무시무시한 팬데믹이 어떻게 끝날지, 끝나기나 할지 가늠할 수 없었기에 미래는 암울하기 그지없었다. 이 바이러스를 『일리아스』에서 아폴론이 그리스 군에게 쏘아댄 '신의 화살'에 비유하는 이도 있었다. 과학이 답을 내지 못하는 동안 종교와 신화, 가짜 뉴스와 혐오가 빈 자리를 채웠다. 3월 18일자의 뉴욕 타임스 기사를 본 이들은 말했다. "다시 여행이라는 것을 할 수 있게 될까? 내가, 우리가, 타임스퀘어나 스페인계단, 람블라스 거리에 갈 수 있는 날이 올까?" 다행히 인류는 큰 희생을 치르기는 했지만 신종 전염병을 이겨냈고, 다시 비행기를 타고 먼 나라의 낯선 도시로 여행할 수 있게 되었다. 그러나 이 몇 년의 경험은 우리에게 여행을 전혀 다른 각도에서 볼 수 있는 기회를 제공했다. 지난 몇십 년간, 세계는 상대적으로 안전했고 해외여행은 천부적 권리처럼 여겨졌다. "열심히 일한 당신 떠나라" 같은 광고 문구는 그런 정서를 잘 보여주었다. 열심히 일했다면 여행을 누릴 권리가 있다는 소리로 들렸다. 인스타그램과 숏폼의 시대, 사람들은 피드에 올릴 멋진 사진과 영상이 필요하기도 했다. 그러나 '신의 화살'은 아무리 많은 이가 아무리 사랑하고, 아무리 그것을 천부적 권리에 버금가는 것으로 여긴다 해도 하루아침에 여행이 불가능해질 수 있음을 보여주었다. 그렇게 여행이 사실상 금지되고 나서야 사람들은 그동안 여행이 얼마나 중요한 삶의 동력이었는가를 깨닫게 되었다.

여행은 '지금, 여기'가 아닌 곳으로 가는 행위로 정의할 수 있을 것이다. 지리적으로 멀리 떨어진 곳으로 가는 것으로 흔히 생각할 수 있지만 '시간여행'이라는 말이 널리 쓰이는 걸 보면 다른 시간대로 떠나는 것도 여행일 수 있다. 여기에 하나를 더 추가하자면 시공간의 변화가 전혀 없음에도 그 시공간이 전혀 다른 성질을 띠게 됨으로써 이동이 전혀 없어도 여행이 되어버리는 경우도 있을 수 있다. 팬데믹 시기의 우리가 그랬다. 우리는 어디에도 가지 못하고 '지금, 여기'에 갇혀버렸으나 '지금, 여기'가 달라짐으로써 전혀 다른 세계로 온 것과 같은 처지가 되어버렸다. 어쩌면 기이한 디아스포라라 할 수 있었다. 아

여행의 이유

무도 움직이지 않는데 다른 세상에 던져졌던 것이다. 뉴욕 타임스 특집 기사의 사진들은 바로 그 점을 포착했다. 우리는 마치 평행우주에 도착한 이들처럼 익히 알던 곳의 새로운 모습을 보았고, 인간과 인간 사이의 사회적 관계와 역동이 전혀 다르게 작동하는 것을 보았다. '신의 화살'은 인간의 가장 인간적인 면모를 공격했다. 가족과 함께 식탁에 둘러앉아 따뜻한 밥을 나누어 먹으며 하루의 일과를 이야기하고픈 욕구, 친구들과 어울려 맛있는 안주를 곁들인 술을 마시며 희희낙락하고픈 욕구, 공연장에서 좋아하는 뮤지션의 공연을 보며 방방 뛰고 싶은 욕구, 카페에 모여 앉아 무해한 수다를 떨며 안전감을 느끼고픈 욕구, 아무도 나를 모르는 낯선 곳에 도착해 호텔에 여장을 풀고 거리로 나가 새로운 사람들과 어울리고픈 욕구가 '신의 화살'을 맞았다. 사회적 동물인 우리는 혼자가 되고, 극장에서의 영화 관람과 공연장에서의 떼창이 사라지고, 호모 비아토르는 여행을 금지당하고, '사회적 거리두기'가 인간관계의 새로운 표준이 되었다.

갑자기 여행지가 되어버린 2020년의 서울에서 나는

'혼자 놀기'의 다양한 방법들을 시험했다. 작은 정원을 더 열심히 가꾸고 요리에 많은 시간을 들였다. 사회적 교감의 욕구를 채우기 위해 인스타그램을 시작했다. 2020년의 피드는 대부분이 요리와 식물, '마당냥이'들의 사진이었다. 해변 관광지에 가면 서퍼가 되고, 니가타의 온천에 가면 발그레한 볼의 목욕광이 되듯이, 그 시기의 나 역시 조금 나른 사람이 되었고, 될 수밖에 없었다. 한때 매식이 금지되었고, 그 금지가 풀린 뒤에도 식당을 전혀 가지 않았기 때문에 최소한의 만족을 위한 요리는 필수였고, 수많은 이가 실시간으로 접속하는 SNS도 오랜만에 다시 시작하게 되었다. 그럼에도 여행을 향한 욕구는 해결이 어려웠다. 그럴 때마다 나는 어려서부터 익숙한 해결책으로 돌아갔다. 바로 책을 읽는 것이었다.

정치범으로 교도소에 수감된 경험이 있는 선배 작가로부터 수감자들이 가장 즐겨 대출하는 책이 요리책이라는 말을 들었다. 수감자들은 요리책을 읽는 것을 '외식 간다'고 표현한다는 것이다. 높은 해상도로 아름답게 찍힌 각종 요리를 눈으로 보면서 훗날 자유의 몸이 되어 먹게 될 때의 맛을 상상했던 것이다. 아마 다이어트 중인 이들이 유튜브 먹방을 거듭하여 보는 심리랑 비슷할지도 모르겠다. 처음에 나는 예전의 여행 사진들을 보기 시작했는데, 곧 그간 사두기만 했던 여행서들을 들추기 시작했다. 많은 책을 읽었지만 그중에서도 기억에 남는 책은 『머나먼 섬들의 지도—간 적 없고, 앞으로도 가지 않을 55개의 섬들』이다. 이 책보다 팬데믹 시기 '상상의 여행'에 더 어울리는 여행서는 아마 없을 것이다. 저자 유디트 샬란스키는 동독의 그라이프스발트에서 태어났다. 어릴 때부터 지도책 보기를 좋아했던 저자는 어느 날 자신이 태어난 나라가 지도에서 사라졌다는 사실을 발견한다. 통일 이후 동독이라는 나라는 이제 지도상에 존재하지 않게 된 것이다. 나 역시 지도책을 좋아해 헌책방에서 옛날 지도책이 보이면 사두는 편이다. 이제는 사라진 나라들, 예컨대 유고슬라비아나 비아프라 같은 나라의 이름을 거기에서 발견하면 묘한 감상에 손가락으로 더듬어보게 되는 때가 있다. 그런데 샬란스키는 아예 자신의 나라가 지도에서 사라진 경험을 한 것이다. 그러니 "간 적 없고, 앞으로도 가지 않을" 섬들의 지도와 이야기로 책을 펴내기에 딱 맞는 인물이라고 할 수 있다.

목차를 보면 오십다섯 개의 섬이 나오는데, 역시 내가 가본 섬은 하나도 없다. 그러나 이름만은 익숙한 섬들이 많다. 나폴레옹이 파란만장한 생을 마감한 대서양의 세인트헬레나섬, 북극해의 루돌프섬, 인도양의 크리스마스섬, 태평양의 이오지마섬과 이스터섬. 나이 오십이 넘도록 여행자로 살면서도 한 번도 가보지 않은 섬들이니 앞으로도 가볼 일이 전혀 없을 것 같은 이 절해고도들이야말로 편안한 내 집 소파에 앉아서 아름답게 디자인된 여행서로 읽기에 딱 적당하다. 나는 이 절해고도들에 얽힌 하나하나의 이야기들을 틈날 때마다 읽으며 요리책을 읽는 수감자들의 마음을 조금은 이해할 수 있었다. 꼭 자기 몸으로한 여행만이 여행은 아닐 테니까.

이런 유의 다른 책으로는 프랑스의 사진작가 브리스 포르톨라노의 사진 에세이 『노 시그널』이 있다. 이 책은 문명에서 벗어나 수도가 없고 전기가 들어오지 않는 오지로 떠난 사람들의 모습을 담았다. 북극권의 툰드라, 몽골의 대초원, 그리스의 섬, 파타고니아의 팜파스, 노르웨이 베스테롤렌제도의 등대에서 '사회적 거리두기'를 일찍이 실천한 이들의 이야기였다. 등대지기 엘레나는 "따뜻한 난로 옆에서 이따금 범고래나 혹등고래 무리가 청어떼를 사냥하기 위해 북쪽으로 올라가는" 모습을 목격한다. 바람이 일 때는 독수리가 건물에 스치듯 다가오기도 한다. "자연은 나에게 엄청나게 많은 것을 가져다줍니다. 자연과 아주 가까이 있을 때 나 자신이 더욱 강하게 느껴져요. 산, 바다, 하늘을 바라볼 때 (…) 나는 커다란 자유를 느낍니다"라고 말한다. 대도시에서 무려 350킬로미터 떨어진, 북극권의 핀란드 라플란드 지역의 통나무집에서 개들과 함께 살고 있는 삼십대 여성 티냐는 "그녀가 그토록 좋아하는 생생하고 뼛속까지 파고드는 추위의 왕국에서 썰매 개 무리의 수장首長"이다. 그녀는 "겨울이면 에너지가 충만해지는 걸 느껴요. 상쾌한 공기가 활력을 가져다주죠. 북극이 가장 찬란한 모습으로 베일을 벗는 가장 아름다운 계절이에요. 하늘과 별, 북극권의 오로라 (…) 너무나 아름다워서 아무리 봐도 질리지 않아요"라고 말한다.

이렇게 갇혀 있을 바에야 도시보다 차라리 저런 오지가 나은 것은 아닐까? 록다운 시기, 이런 생각을 해본 사람이 나만은 아니었을 것이다. 대자연에서 자급자족하면서 사는 삶이 쉬울 리가 없지만, 결핍은 환상을 부추겼다. 환상 속으로 도피하기만 한 것은 아니었다. 나름의 응전도 있었다. 2020년 12월, 나는 인스타그램에서 북클럽을 만들었다. 나뿐 아니라 모두 갇혀 있었고, 갇혀 있으면서도 손에는 스마트폰을 꼭 쥐고 있었다. 난생처음 겪는 이 재난의 향방이 궁금했기 때문이다. 북클럽의 운영은 간단했다. 함께 읽을 책을 제안하고 한 달 동안 그 책을 같이 읽은 뒤 월말에 라이브방송을 열어 감상을 나누는 것이었다. 북클럽은 '기이한 디아스포라' 상황에 처해 있던 책벌레들의 탈출구가 되었다. 매번 천 명 내외의 회원들이 라이브에 참여했고, 지리적 경계는 없었다. 미국과 독일, 오스트레일리아, 케냐에서도 접속했다. 북클럽은 책을 통한/향한 여행이 되었다. 우리는 마쓰이에 마사시의 『여름은 오래 그곳에 남아』를 읽으며 가루이자와의 여름을 느꼈고, 진저 개프니의 『하프 브로크』를 읽으며 뉴멕시코의

황야를 버림받은 말들과 함께 달렸다. 빌 브라이슨의『거의 모든 것의 역사』는 인류와 우주의 역사를 거슬러올라가는 시간여행이었고, 이사벨 아옌데의『영혼의 집』은 우리를 칠레의 근현대사로 데려갔다. 갇힌 자들에게 책은 세계와 역사로 향하는 문이었고, 언제나 조용히 열려 있었다는 것을 새삼 발견한 이 년이었다.

코로나19 팬데믹은 인류에게 큰 고통을 안겼다. 그러나 언제나 그랬듯이 인류는 이겨냈다. 여행은 당연히 주어지는 권리도 아니었고, "열심히 일한 당신"에게 산타클로스가 주는 선물도 아니었다. 여행은 질병과 혐오가 없는 안전한 세계를 필요로 하며, 우리가 살고 있는 이 지구가 아직도 서로에 대한 환대가 가능한 공간임을 증거하는 행위였다. 외부 자극에 극도로 민감한 자폐인에게 좋은 집이 비자폐인에게도 좋은 집이라는 어느 건축가의 말처럼, 여행자에게 좋은 세계가 그렇지 않은 이들에게도 좋은 세계였다. 여행은 적대와 혐오, 전염병과 전쟁이 있는 세계를 반대하기 때문이다. 이제 여행은 다시 시작되었지만 팬데믹에서 배운 것들은 인류와 함께 앞으로도 공생하게 될 코로나19 바이러스처럼 우리의 일부가 되었다.

2024년 2월에 일본 규슈 최남단의 가고시마에 갔다. 코로나19 팬데믹 이후 첫 해외여행이었다. 출발 며칠 전 가고시마시 앞바다의 온타케 화산이 격렬하게 분화하여 시가지가 화산재로 덮이고 일부 시민들이 대피했다. 보도를 보고 여행의 취소를 잠깐 고려했지만 그대로 강행했다. 후쿠오카에서 신칸센을 타고 남쪽으로 한 시간쯤 내려가면 가고시마시다. 도시에서 꽤 떨어진 곳에 있으리라 예상했던 온타케 화산은 가고시마 시가지의 코앞에 우뚝 서 있었다. 도시를 굽어보고 있는 이 신생 화산의 규모가 너무 커서 도시 어디에서도 존재를 의식하지 않을 수 없었다. 분화는 잦아들었지만 정상의 분화구에서는 계속 흰 연기가 올라오고 있었다. 유사 이래 분화가 계속되었고 지난 백 년간에도 여러 차례 대규모의 화산활동이 있었던 탓인지 가고시마시 주민들은 평온을 유지하고 있었다. 그러나 그 평온에는 어딘가 조심스럽고 아슬아슬한 기운이 있었다. 시가지는 화산섬 사쿠라지마와 정면으로 맞서는 형태로 배치되어 있었다. 그것은 마치 "네가 힘이 강하다는 것은 알아. 하지만 그렇다고 내가 물러나겠다는 것은 아니야. 나는 여기에서 너와 함께 살아갈 거야. 아니, 살아갈 수밖에 없어"라고 선언하는 듯했고, 그것은 우리 인류가 잠재한 위험과 함께 살아온 태도이기도 했다.

팬데믹이 채 끝나기도 전, 지구촌 곳곳의 묵은 갈등들이 테러와 전쟁으로 이어졌다. 세계가 안전하지 않다는 것, 인간 집단들 사이의 적대가 계속된다는 것, 앞으로도 이는 쉽게 사라지지 않을 것임을 우리는 잘 알고 있다. 바이러스는 다시 창궐하고, 마그마는 분출하고, 전쟁이 발발할 것이다. 인류는 그것들과 함께 살아갈 방법을 찾아낼 것이고, 문득 짐을 꾸려 어디론가 떠나기도 할 것이다. 이런 담대함이야말로 인류가 수만 년 전 아프리카의 사바나를 떠나 전 지구로 퍼져나가게 한 힘이었다. 인류의 투쟁과 모험, 여행은 끝나지 않을 것이다.

여행으로 돌아가다

1

    대영제국이 아프리카 대륙의 거의 대부분을 지배하던 시절. 케냐 총독이 한 원주민 젊은이에게 케임브리지대학에서 유학할 기회를 주었다. 이 젊은이는 마사이 족장의 아들로 총독은 그 총명함을 한눈에 알아보았다. 아들을 영국에 보낸다는 게 썩 내키지 않았지만 족장에게는 아들이 많았고, 그중 하나쯤 당시 세계 최강대국의 명문대에 보내 신학문을 배우고 신문물을 익히게 하는 것도 나쁘지 않아 보였기에 족장은 총독의 제안을 흔쾌히 받아들였다. 유학을 마치고 케냐로 돌아왔을 때, 젊은이는 크게 당황했다. 자기 부족을 찾을 수가 없었던 것이다. 몇 년 전 부족이 머물던 곳에 가보았지만 아무도 없었다. 늘 그랬듯이 소떼를 끌고 어디론가 떠나버렸던 것이다. 유목민인 그들에게는 고향이라는 개념이 없다. 마사이족의 삶은 소를 중심으로 이루어져 있다. 소가 뜯어먹을 풀이 부족해지면 소떼를 몰고 다른 곳으로 이동한다. 그는 사자와 하이에나, 기린들이 오가는 사바나를 헤매며 자기 부족을 찾아다녔다. 몇 달간의 필사적인 탐문과 추적 끝에 그는 귀에 익은 반가운 방울소리를 듣게 되었다. 마사이족은 멀리서 방울소리만 듣고도 자신들의 소떼를 단박에 가려낼 수 있다고 한다. 그는 방울소리를 향해 달렸고 소떼와 함께 야영 중인 가족과 친척들을 만났다. 아들의 고생담을 들은 족장은 동정은커녕 크게 탄식했다. 아니, 영국까지 가서 도대체 뭘 배우고 왔단 말인가? 배우기는커녕 바보가 다 되어 돌아왔구나. 자기 부족도 못 찾아오는 천치를 어디다 쓴단 말인가?

마사이족으로 산다는 것은 삶이 항구적인 여행 상태라는 것을 받아들이는 것이다. 그들에게 똑똑함이란 소떼를 먹일 풀이 어디에 무성한지를 알아내는 능력이다. 행여 낙오하더라도 소떼가 남긴 흔적만 보고도 단박에 부족의 행방을 알아내고 따라잡는 재능이다. 지구상의 온갖 오지를 다 탐험한 영국왕립지리학회 회원들이 축적해놓은 지식은 그에게 아무 소용이 없었다.

우리들 대부분은 돌아올 지점이 어딘지를 분명히 알고 여행을 떠난다. 목적지는 바뀔 수도 있다. 그러나 돌아올 곳, 가족과 친구들이 있는 곳, 내 집과 내 물건이 있는 곳은 여정이 끝날 때까지 변하지 않는다. 여행의 원점. 여행이 실패하거나 큰 곤란을 겪을 때 돌아갈 수 있는 베이스캠프. 그곳에서 우리는 피해를 복구하고 다시 삶을 이어갈 수 있으리라 믿는다. 마사이족의 청년은 달랐다. 여행의 목적지는 단단하게 고정되어 있었고, 오히려 고향이 유동적이었다. 육중한 돌로 지어진 케임브리지대학교는 수백 년 동안 거기 그대로 서 있었다. 아마 청년의 손자가 죽을 때까지도 어디론가 옮겨지지 않을 것이 분명했다. 그러나 그가 떠나온 곳, 그의 부족은 늘 이동 중이었다. 정처 없이 떠도는 것이 삶인 이들에게 여행이란 과연 무엇일까?

2

2007년의 나는 마흔을 앞두고 있었다. 대학의 교수였고 날마다 생방송으로 나가는 라디오 문화 프로그램의 진행자였다. 하루하루 바쁘고 정신이 없었다. 아내와 나는 캐나다 밴쿠버의 브리티시컬럼비아대학의 초청을 받아들여 그곳에서 일 년간 머물기로 결정을 했다. 나는 대학과 라디오 프로그램을 그만두었다. 무엇보다 큰 결정은 그때까지 살던 아파트를 내놓은 것이었다. 그런데 아파트가 내놓자마자 팔려버리는 바람에 6월부터 9월 초까지 시간이 붕 떠버렸다. 그래서 우리 부부는 학기가 시작되기 전까지 여행을 하기로 하고 이탈리아로 떠났다. 그렇게 이탈리아에서 석 달, 밴쿠버에서 일 년 가까이 머물렀다. 뉴욕으로 옮겨서 이 년 반을 더 체류했다. 언젠가 한국으로 돌아가야 한다는 것은 알고 있었지만 살던 집을 팔고 떠나온 터라 정확히 어디로 귀환해야 할지 막막했다. 반면 뉴욕에는 확고한 거점이 있었다. 아내와 내 모든 책들과 짐이 있는 곳. 그러다보니 오히려 서울이 언젠가는 가야 할 여행지처럼 느껴지기 시작했다. 서울에 무엇을 남겨두고 왔을까 생각해보니 잘 기억도 나지 않았다.

뉴욕 생활을 마치고 우리는 서울이 아닌 부산으로 돌아왔다. 어차피 새로 살 집을 구해야 하는 것은 마찬가지였고, 묶여 있는 일터도 없던 터라 굳이 서울에 있어야 할 이유도 없었다. 부산은 서울보다 훨씬 따뜻했고 집세를 비롯한 물가도 저렴했다. 아파트 바로 앞에 쌓인 테트라포드 사이로 흰 포말이 뿜어져 올라왔다 사그라들었다. 아침에 창을 열면 파도 소리가 들려왔다. 집 앞 산책로는 동백섬과 해운대 해수욕장으로 이어졌다. 휴양지에서 살다보니 여행이 영원히 끝나지 않는 기분이었다. 내 귀환의 원점은 어디인가? 그런 것이 있기는 할까? 우리는 부산에서 삼 년을 살고 서울로 거처를 옮겼다. 이 글을 쓰고 있는 지금, 우리는 삼 년째 서울에 살고 있다. 하지만 여기서 영원히 살게 될 거라고는 생각하지 않는다.

뉴욕에서 살던 어느 날 아내가 불쑥 이런 말을 했다.

"여행 가고 싶다."

"지금도 여행 중이잖아."

아내는 고개를 가로저었다.

"아니, 이런 거 말고 진짜 여행."

마치 꿈속에서 꾸는 꿈 같은 것인가? 아니면, 꾸역꾸역 밥을 입안으로 밀어넣으며, 정말 맛있는 걸 먹고 싶다고 말하는 것과 비슷한 말인가? 여행이 길어지면 생활처럼 느껴진다. 마찬가지로 충분한 안정이 담보되지 않으면 생활도 유랑처럼 느껴진다.

나는 초등학교를 전남 광주에서 들어갔다. 2학년이 되자 경남 진해로 옮겼다. 3학년 때는 양평으로 전학했다가 4학년에는 파주 광탄면, 5학년에는 파주 문산읍에서 학교를 다녔다. 6학년이 되어서는 서울로 옮겨왔다. 육 년 동안 도합 여섯 번의 전학을 했다. 초등학교에 들어가기 전에도 강원도 화천이나 대구 등으로 아버지의 임지를 따라 옮겨다녔다. 강원도와 전라도, 경상도와 경기도, 그리고 서울, 말과 풍습이 다른 고장으로의 잦은 이동으로 나의 유년기는 마치 긴 방랑처럼 기억된다. 이 정처 없던 유랑의 시기에 내가 가장 좋아했던 책들은 이상하게도 여행이야기였다. 파주에서 다녔던 초등학교는 한 학년에 반이 하나밖에 없는 미니 학교였는데도 작은 도서관이 있었다. 거기에는 김찬삼이라는, 당시로서는 유명했던 세계일주 여행가의 책들이 꽂혀 있었다. 해외여행이 자유롭지 못했던 시절에 그는 어떻게 그렇게 많은 나라들을 다닐 수 있었을까. 지금도 의문이지만 그는 미 대륙을 횡단하고 아프리카와 유럽을 일주하고 그 밖의 많은 나라들을 돌아다녔고 그걸 여행기로 잇달아 펴냈다. 지금도 기억나는 것은 '비행기에서 내려다본 운해'라는 사진이다. 구름 위로 날아간다는 건 어떤 기분일까. 그는 말하기를, 비행기에서 이 운해를 내려다보면 너무 푹신해서 뛰어내리고 싶어진다고 했다. 훗날 비행기를 처음으로 타게 되었을 때, 내가 가장 기대했던 것은 바로 이 '구름의 바다'였다. 그 밖에도 어린 내 뇌리에 강한 인상을 남긴 것들로는 전라의 댄서들이 포개져 손을 흔들고 있는 뉴욕 브로드웨이의 뮤지컬(〈오! 캘커타〉)의 흑백 사진이었다. 세 개의 막대가 돌아가며 사람을 통과시킨다는 프랑스 지하철의 개찰구가 글만으로는 도저히 이해가 안 갔는데 나중에 서울에서 2호선이 개통되면서 그게 어떻게 '돌아가'는지를 알게 되었다. 그 시절 나의 꿈은 어서 어른이 되는 것이었는데, 내게 있어서 어른이란 김찬삼처럼 여러 나라를 마음껏 여행하는 사람이었다.

나는 쥘 베른도 좋아했다. 『15소년 표류기』나 『80일간의 세계일주』는 내가 가장 사랑했던 책이었고 이 책들을 닳도록 읽었다. 우리집은 『리더스 다이제스트』라는 미국 잡지의 한국어판도 정기구독하고 있었는데, 갑자기 닥친 재난 속에서 생존에 성공한 사람들, 예컨대 등산을 하다가 곰을 만나 큰 부상을 입었지만 겨우 목숨을 건진 사람의 이야기 같은 것이 거의 매회 실렸고, 나는 그 이야기들에 언제나 깊이 매료되었다. 친구도, 고향도 없던 유년기를 떠돌이로 살아가면서, 그러니까 삶 자체가 긴 여행이었으면서 나는 어째서 그렇게 모험 소설과 여행기를 좋아했던 것일까.

어린 시절의 나는 늘 낯선 곳에 도착하고 있다. 거기서

여행의 이유

새로운 친구를 사귀고, 잘 알아듣지 못하는 사투리에 적응하고, 규칙이 다른 놀이를 배워야 했다. 게다가 나는 또래보다 꽤 어린 편이었다. 1968년 11월에 태어나 1974년 3월에 초등학교에 들어갔으니 세상에 나온 지 불과 만 5년 4개월 만이었다(어머니의 말로는 유치원이 없어서 사립 초등학교에 약간의 '야로'를 쓰고 일찍 집어넣었다고 한다. 그런 편법이 가능했던 시절이었다). 발육이 늦된 나는 늘 맨 앞자리에 앉았고, 축구 같은 단체운동 경기에서는 배제되었다. 그렇게 적응을 위해 노력하다가 다시 어딘가로 떠나는 일이 반복되었다. 언제든 어디로든 떠날 수 있다는 것은 그 어디에 있더라도 내 자리가 아니라는 것을 의미한다.

『15소년 표류기』나 『로빈슨 크루소의 모험』 같은 모험 소설의 구조는 자신들의 뜻과는 상관없이 어딘가에 도착한 인물들이 가혹한 시련을 거치면서 나름의 질서를 회복하고, 그렇게 얻은 힘으로 결국 문명 세계로 복귀한다는 구조를 가지고 있다. 어른이 되어서도 내가 매우 사랑했던 책들 중에는 이런 플롯이 많았다. 에베레스트 등반대의 참사를 기록한 존 크라카우어의 『희박한 공기 속으로』
나 남극 탐험을 떠났다가 조난을 당했지만 기적적으로 생
환한 어니스트 섀클턴 경의 이야기가 그랬다. 그들은 낯
설고 적대적인 환경에 처하지만 강력한 의지로 상황을 통
제하고 살아남는다. 일 년에 한 번꼴로 낯선 도시로 이주
하고 새로운 학교로 전학하는 상황에서 내가 그럭저럭 멀
쩡한 어른으로 성장할 수 있었던 힘은 아마도 이런 책들
의 힘이었을 것이다.

　인간은 이야기를 읽으며 자신이 가장 두려워하는 것과
대면한다. 어린아이들이 고아 이야기에 빠져드는 것은 부
모를 잃는 것이야말로 그들이 상상할 수 있는 최악의 상
황이기 때문일 것이다. 고아가 되고 싶은 아이가 거의 없
듯이 매년 낯선 곳에서 다시 삶을 시작하고 싶은 아이도
아마 흔치 않을 것이다. 어린 날의 나도 마음속 깊이 안정
에 대한 갈망을 품고 있었을 것이다. 아이들이 흔히 크레
용으로 그리는 바로 그런 집, 박공지붕에 굴뚝과 마당이
있는 그런 집에서 오래오래 살면서, 아주 어렸을 때부터
알고 지내던 친구들과 중학교와 고등학교를 같이 다니며

　　　　　　　　　　　　　　　여행의 이유

이런저런 일을 같이 겪는 삶. 내가 어디에 사는지, 누구 집 자식인지를 모두가 아는 동네에서, 나도 그들을 그만큼 알면서 성장하는 삶. 그러나 나의 삶은 그렇지를 못했다. 그래도 딴에는 최선을 다해 새로운 상황에 적응하기 위해 투쟁했을 것이다. 그럴 때 모험 소설들은 나와 같은 어린 독자에게 삶이란 예기치 않은 재난과 도전의 연속이지만 인간은 그걸 이겨낼 수 있는 존재라고 조용히 속삭여주었을 것이다.

여행기는 모험 소설과는 다른 측면에서 나를 안심시켰다. 새로운 세계로 떠나는 것이 불안과 고통만은 아니라는 것. 거기에는 '지금 여기'에 없는 놀라운 것들이 나를 기다리고 있으리라는 것. 그리고 그것들은 끝이 없다는 것. 여행기의 저자 역시 모험 소설의 주인공들처럼 작은 사건과 사고들을 겪고 그것을 극복해낸다. 그리고 그들은 안전하게 돌아와 그것을 글로 기록한다. 모든 인간에게는 삶의 중심이 되는 이야기의 구조, 핵심 플롯이 있다. 어린 날의 나에게 그것은 모험 소설이었고 여행기였다.

3

사람이 머물던 곳을 떠나 다른 곳으로 옮기게 되는 데에는 여러 이유가 있다. 난민은 전쟁이나 혁명, 폭동 같은 정치적 변란의 위험을 피해 다른 곳으로 이주한다. 스탈린 치하의 소수민족들처럼 어느 날 갑자기 기차를 타고 카자흐스탄이나 시베리아로 보내지는 경우도 있다. 어린 날의 나처럼 부모의 임지를 따라 이동할 수도 있다. 외교관의 아이들도 많은 나라들을 자신의 의지와 무관하게 경험한다. 여행 역시 한 지점에서 다른 한 지점으로 움직이지만 이주나 피난과는 다르다. 여행은 자기 결정으로 한다. 자기 결정은 통제력과 관련이 있다. 여행은 이주와 달리 전 과정을 계획하고 이를 통제할 수 있다. 비행기와 호텔, 렌터카를 예약하고 대부분의 경우 그대로 진행된다. 예산과 일정에 맞춰 가야 할 곳을 내가 정한다. 자신의 의지와 상관없이 떠나야 하는 이주자와 자기 결정에 따라 여행하는 자가 보는 풍경은 다르지 않을 것이다. 그러나 그들이 느끼는 것은 확연히 다를 수밖에 없다. 이주자는

　　　　　　　　　　　　　여행의 이유

일상을 살아가는 반면 여행자는 정제된 환상을 경험하고 있다고도 말할 수 있다.

이주와 여행의 관계는 마치 현실과 소설의 관계와 같다. 현실은 어지럽고 복잡하고 무질서하다. 자잘한 일들이 끝없이 일어나고, 그중 어떤 것은 우리 삶에 심대한 영향을 미칠 수도 있다. 하지만 개개의 사건들에 일일이 주의를 기울일 수는 없다. 현실은 줄거리가 없다. 어떤 일들이 불쑥불쑥 일어난다. 때로 우리의 통제력을 벗어난다. 아름다운 별똥별이라고 생각하고 쳐다보던 무언가가 거대한 운석으로 우리 머리 위로 떨어질 수도 있다. 대단한 일처럼 생각하고 긴장했지만 별일 아닌 것으로 판명되기도 한다. 우주는 우리의 운명에 무심하며 우리는 그것을 무의식적으로 알고 있다.

이야기는 다르다. 현실과 비슷한 일이 일어나지만 질서가 있다. 제한된 인물들, 특히 주인공을 중심으로 이야기가 진행된다. 과학자들이 실험실에서 실험을 하듯, 작가들은 현실에서 어지러운 잡음을 제거한 뒤 이를 이야기로 재구성한다. 작가는 이야기를 적절히 통제하여 독자들이 이를 경험할 수 있도록 제공한다. 소설이나 영화에서도 별똥별은 운석이 되어 지붕 위로 떨어질 수 있지만, 현실과 달리 이런 사건들은 주인공의 삶과 인생에 중대한 의미를 부여한다. 이야기를 통해 인간은 현실에서 무질서하게 일어나는 여러 일들을 어떻게 받아들여야 하는지를 배운다. 죽음과 재난, 사랑과 배신 같은 일들이 우리 의지와 무관하게 닥쳐올 때, 우리는 자신의 내면을 지켜내야 하고 그럴 때 이야기가 우리에게 심리적 틀을 제공하는 것이다.

어린 날의 내가 경험한 갑작스런 이주들. 겨우 사귄 친구들과의 반복된 이별. 나는 누군가와 오래 알고 지내는 법을 배우지 못했다. 친구들의 부족함을 용서하고 받아들이는 법, 내 잘못에 대해 사과하는 법, 어그러진 관계를 회복하는 법을 몰랐다. 알 필요가 없었다. 어차피 헤어질 테니까. 잦은 이주에서 벌어지는 일들을 어떻게 받아들여야 할지를 알려준 사람은 없었다. 부모는 자신들의 삶만으로도 정신이 하나도 없어 보였다. 하루하루 닥쳐오는 일들을 처리하기에도 벅찼을 것이다. 삶이 끝없는 이주일

때, 여행은 사치였다. 우리 가족의 사전에는 여행이나 바 캉스, 여름휴가 같은 단어가 없었다. 당연히 가족여행의 추억 같은 것도 전무했다.

'빅 누드' 시리즈로 유명한 사진가 헬무트 뉴턴은 어린 시절 여름이면 가족과 함께 가던 호텔의 풀을 자기 예술 의 원천으로 기억한다. 어린 뉴턴에게 수영복을 입고 풀 주변을 오가던 게르만 여성들이 실제 이상으로 거대해 보 였을 것이고, 그런 이미지는 그대로 그의 내면에 남아 훗 날 그가 찍게 될 인상적인 패션 사진들로 다시 탄생했다. 부산에서 태어난 아내만 해도 매년 가족과 함께 해수욕장 으로 휴가를 떠난 어린 날의 추억을 생생하게 간직하고 있다. 그런 기억이 나와 내 동생에게는 완전히 결여되어 있다.

중학교 1학년 때, 아버지와 어머니는 제주도 여행을 떠 났다. 우리 형제는 집에 남겨졌다. 외사촌누나가 와서 우 리를 돌봤다. 가족이 함께 여행한 경험이 아예 없었으니 부모를 원망하거나 하지도 않았던 것 같다. 나는 언제나 처럼 모험 소설과 여행기의 세계 속에서 나만의 여행을 계속했다. 대학을 졸업하고 유럽으로 배낭여행을 떠났을 때, 아침에 산 바게트 빵 하나로 세 끼를 때워야 할 정도로 여유가 없었지만, 그제야 나는 비로소 진짜 여행이 가져다주는 행복감과 자유로움을 알게 되었다. 어린 날의 (강제)이주와는 너무나 다른 경험이었다. 이것은 그 누구의 것도 아닌 바로 '나의' 여행이었다.

유레일패스 덕분에 한 달 내내 무제한으로 기차를 이용할 수 있었기 때문에 기차 시간표를 보며 꼼꼼하게 이동 계획을 짰다. 삼십 일 중에서 십오 일을 밤 기차에서 잤다. 숙박비를 아끼기 위해서였다. 이틀 이상을 머문 도시가 거의 없었다. 새벽에 기차역에 도착하면 짐을 보관함에 넣고 밤까지 그 도시를 돌아다니다가 다시 기차를 타고 적당히 먼 거리의 다른 도시로 떠나는, 그리고 그걸 반복하는 고된 여행이었다. 그래도 기차는 거의 대부분 정시에 운행되었고 여행은 대체로 내가 계획한 대로 진행되었다. 매순간 내가 내 삶의 주인이라는 느낌이 들었다.

지금도 나는 비행기가 힘차게 활주로를 박차고 인천공항을 이륙하는 순간마다 삶에 대한 통제력을 회복하는 기분이 든다. 휴대전화 전원은 꺼졌다. 한동안은 누군가가 불쑥 전화를 걸어오는 일은 없을 것이다. 모든 승객은 안전벨트를 맨 채 자기 자리에 착석해 있다. 아무도 움직이지 않는다. 어지러운 일상으로부터 완벽하게 멀어지는 순간이다. 여행에 대한 강렬한 기대와 흥분이 마음속에서 일렁이기 시작하는 것도 그때쯤이다. 내 삶이 온전히 나만의 것이라는 내면의 목소리를 다시 듣게 되는 것도 바로 그 순간이다.

뉴욕 시절에 아내가 말했던 그 '여행'은 아마 '일상으로부터의 탈출'을 의미했을 것이다. 어느새 뉴욕에서의 생활도 말 그대로 생활이 되어가고 있었다. 일상은 파도처럼 밀려온다. 해야 할 일들, 그러나 미뤄두었던 일들이 쌓여간다. 언젠가는 반드시 처리해야 할 일들이다. 일상에서 우리는, 모래가 손가락 사이로 빠져나가듯 통제력을 조금씩 잃어가는 느낌에 시달리곤 한다. 조금씩 어떤 일들이 어긋나기 시작한다. 예상치 못한 사건들이 생긴다. 욕실에 물이 샌다거나, 보일러가 낡아서 교체해야 한다거나, 옆집이 인테리어 공사에 들어가 너무 시끄러워진다거나 하는 일들. 우리는 뭔가를 하거나, 괴로운 일을 묵묵히 견뎌야 한다. 여행자는 그렇지 않다. 떠나면 그만이다. 잠깐 괴로울 뿐, 영원히 계속되지는 않는다. 그렇다. 어둠이 빛의 부재라면, 여행은 일상의 부재다.

공원에서 지나가는 사람들을 보는 것도 잠깐은 재미있다. 하지만 금방 지루해진다. 그러나 소설을 읽을 때는 다르다. 책장을 넘길수록, 이야기가 진행될수록 더욱 몰입하게 된다. 소설은 우리를 다른 세계로 끌어들인다. 자기도 모르게 집중하게 된다. 소설에서는 그냥 일어나는 사건이 거의 없다. 나중에 일어날 일들과 어떻게든 연결되어 있다. 소설은 재미있는 일들을 집어넣는 게 아니라 무의미한 사건들을 배제하면서 쓰인다. 독자들은 일종의 실험실적 환경에서 인물에게 어떤 일이 일어나고, 그것을 인물이 어떻게 받아들이는지, 그것이 인물을 어떻게 변화시키는지를 지켜볼 수 있다. 인간과 세계가 좀더 높은 해상도로 다가온다.

여행도 마찬가지로 우리를 집중시킨다. 우리는 한 도시의 핵심으로 돌진한다. 변두리의 단조로운 주택가에는 눈길을 주지 않는다. 현지인들이 겪는 자잘하고 어지러운 일상을 잠깐 맛볼 수는 있지만 오래 지속되기를 원하지는 않는다. 여행자는 도시의 정수만을 원한다. 촉각을 곤두세우고 주변에서 일어나는 모든 일을 살핀다. 현지인들은 심드렁하게 지나치는 건물과 거리에도 카메라를 들이대고 사진을 찍어낸다. 여행에서 보고 듣고 만지는 모든 것들은 모두 유기적으로 연결되어 있는 것처럼 느껴진다.

여행은 분명한 시작과 끝이 있다는 점에서도 소설과 닮았다. 설렘과 흥분 속에서 낯선 세계로 들어가고, 그 세계를 천천히 알아가다가, 원래 출발했던 지점으로 안전하게 돌아온다. 독자와 여행자 모두 내면의 변화를 겪는다. 그게 무엇인지는 당장은 알지 못한다. 그것은 일상으로 복귀할 때가 되어서야 천천히 모습을 드러낸다. 내가 살던 동네가 다르게 보이고 낯설게 느껴진다. 주말 홍대 앞의 인파가 새삼 무시무시하게 느껴지고, 서울이 거대도시라는 것을 새삼 실감하게 된다. 지하철이나 거리에서 다른 사람의 몸을 치고 지나가는 게 전과는 달리 불쾌하고, 한강은 평소보다 더 드넓어 보인다. 식당이 밀집한 거리를 지나갈 때면 한국 음식 특유의 향신료 냄새가 코를 찌른다. 전에는 느끼지 못했던 감각들이 되살아난다.

비슷한 일을 소설이 한다. 부부관계의 파경을 다룬 소설을 읽고 나면 독자 자신의 부부관계도 다른 관점으로 보게 된다. 탁월한 문장력으로 맥주의 맛을 묘사한 소설을 읽고 있노라면 문득 냉장고로 달려가고 싶어진다. 그때 마시는 한잔은 늘 경험하던 그 맛이 아니다. 문득 새롭다.

인간은 왜 여행을 꿈꾸는가. 그것은 독자가 왜 매번 새로운 소설을 찾아 읽는가와 비슷할 것이다. 여행은 고되고, 위험하며, 비용도 든다. 가만히 자기 집 소파에 드러누워 감자칩을 먹으며 텔레비전을 보는 게 돈도 안 들고 안전하다. 그러나 우리는 이 안전하고 지루한 일상을 벗어나 여행을 떠나고 싶어한다. 거기서 우리 몸은 세상을 다시 느끼기 시작하고, 경험들은 연결되고 통합되며, 우리의 정신은 한껏 고양된다. 그렇게 고양된 정신으로 다시 어지러운 일상으로 복귀한다. 아니, 일상을 여행할 힘을 얻게 된다, 라고도 말할 수 있다.

여행의 이유

땅 멀미라는 말이 있다. 배를 타면 보통은 뱃멀미를 하게 된다. 그러나 어느 정도 배의 흔들림에 익숙해지고 나면 멀미가 잦아든다. 그러다 항해를 마치고 다시 육지에 오르면 마치 육지가 흔들거리는 것처럼 느껴진다. 이걸 땅 멀미라고들 부른다. 흔들림에 익숙해진 사람에게 찾아오는 낯선 단단함. 지금의 나는 분명히 안정되고 단단한 기반 위에 서 있다. 이제 부모는 나를 전학시키지 못한다. 누구도 나에게 이 도시에서 저 도시로 옮기라고 강요하지 않는다. 그러나 여전히 나는 어디론가 떠나야 할 것 같은 기분에 사로잡히곤 한다. 시칠리아나 밴쿠버, 뉴욕의 어딘가에 있을 때, 나에게는 그게 정상의 상태처럼 보였고, 그 어디로도 이동할 필요가 없는 곳, 예를 들어 지금 살고 있는 서울에서의 일상이 오히려 임시적인 상태처럼 느껴진다.

생각해본다. 고향으로 돌아간 그 마사이족 청년은 어떻게 되었을까? 처음엔 분명 기뻤을 것이다. 그러나 그는 모든 것이 떠나기 전과는 확연히 다르게 느껴진다는 것에 조금 놀랐을 것이다. 당연하게 생각했던 많은 것들이 이제 더이상 당연하지 않다. 귀환의 원점은 겨우 찾았지만 그 자신이 이미 변화했기 때문에 원점은 의미를 잃어버리게 된다. 족장의 말처럼 그는 어떤 능력을 상실했다. 마사이족으로 살아가는 데 필수적인 재능을. 그 대가로 그는 다른 존재가 되었다. 부족은 언제나처럼 소떼를 몰고 유목을 계속하겠지만 청년은 다시 한번 자기만의 여행을 갈망하게 될 것이다. 그는 알게 된 것이다. 사는 곳을 옮기는 것으로는 충분하지 않다는 것을. 여행은 유목이나 이주가 아니라는 것을.

아마도 그는 다시 떠났을 것이다. 자기 의지를 가지고 낯선 곳에 도착해 몸의 온갖 감각을 열어 그것을 느끼는 경험. 한 번이라도 그것을 경험한 이들에게는 일상이 아닌 여행이 인생의 원점이 된다. 일상으로 돌아올 때가 아니라 여행을 시작할 때 마음이 더 편해지는 사람이 있다면 그는 나와 같은 부류의 인간일 것이다. 이번 생은 떠돌면서 살 운명이라는 것. 귀환의 원점 같은 것은 없다는 것. 이제는 그걸 받아들이기로 한다.

작가의 말

요즘은 함께 사는 개나 고양이를 '반려동물'이라고 부른다. 예전엔 '애완동물'이라고 했다. 사전은 '애완愛玩'을 '동물이나 물품 따위를 좋아하여 가까이 두고 귀여워하거나 즐김'이라고 풀이하고 있다. '반려伴侶'는 동반자를 의미한다. 반伴자는 짝을 뜻하고 려侶는 벗을 뜻한다. 지금은 반려라는 말을 많이 쓰지만 관계는 사람마다 좀 다를 것이다. 누군가는 '가까이 두고 귀여워하거나 즐'길 것이고, 누군가는 생의 동반자로 여길 것이다. 나는 두 단어 다 쓰지 않는 편이다. 애완은 조금 경박하게 느껴지고, 반려는 너무 무겁게 다가온다.

우리 가족이 처음 기른 개는 셰퍼드로 이름은 꾀돌이였다. 아버지가 전방 대대장 시절 애지중지하던 꾀돌이는 대대장 지프가 관사에서 수백 미터 떨어진 위병소에 접근하기만 해도 그 소리를 알아듣고 마중을 나갈 정도로 영리했다. 그러던 꾀돌이는 어느 날 갑자기 사라졌다. 부대는 비상이 걸렸고 며칠에 걸친 대대적인 수색에도 종적이 묘연했다. 아버지는 크게 상심했다. 세월이 흘러 아버지는 제대를 하고 서울의 한 은행에 취직을 했다. 그러던 어느 날 당시 부대에서 사병으로 복무했다는 이가 우리 집을 찾아왔다. 그의 의도를 알 수 없어 아버지는 조금 긴장한 것 같았다. 뭘 팔러 왔겠지. 우리는 그렇게 생각했던 것 같다. 장교도 아닌 사병 출신이 아버지를 찾아오는 일은 매우 드물었기 때문이다.

왕년의 대대장과 사병은 양주를 나누어 마셨다. 술이 몇 순배 돌자 손님이 드디어 용건을 꺼냈다.

"대대장님, 죄송합니다. 꾀돌이는 11중대에서 잡아먹었습니다."

오랜 미스터리가 풀리고 있었다.

"용서해주십시오. 저는 말렸지만 그때는 다들 배가 너무 고팠습니다. 언젠가 꼭 말씀드리고 싶었습니다. 그렇게 애타게 찾으실 줄 몰랐습니다."

서울로 올라와서부터는 내내 아파트에 살았기 때문에 셰퍼드 같은 대형견은 다시 키우기 어려웠다. 대신 우리 가족은 새미라는 이름의 말티즈 암컷을 길렀다. 애초에 개를 키우자고 한 것은 동생이었지만 아버지가 제일 예뻐했다. 새미는 딱 한 번 새끼를 보았는데, 출산 때는 내가 탯줄을 잘랐다. 우리는 이슬이라는 암컷만 남기고 다른 강아지들은 주변에 분양해주었다. 몇 년 후, 암에 걸려 일어서지도 못하던 새미를 아버지와 내가 동물병원에 데려갔는데, 아버지는 병원 문턱을 넘지 못하고 발길을 돌렸다.

"난 못 들어가겠다."

내가 모든 과정을 마치고 나오자 병원 밖에서 기다리던 아버지는 새미가 잘 갔느냐고 물었다.

"참 못할 짓이다. 이제 이런 일, 더는 못할 것 같다."

새미가 죽은 후 이슬이는 꽤 오래 살았다. 이슬이까지

떠난 후, 아버지는 집이 너무 휑하다며 누군가 동물병원에 버리고 간 강아지를 입양했다. 이번에도 말티즈였다. 녀석을 들인 지 얼마 지나지 않아 이번에는 아버지가 먼저 세상을 등졌다.

결혼한 뒤에 나도 길냥이 두 마리를 집에 들였다. 방울이는 아홉 살에 죽었다. 깐돌이는 아직 건강하지만 열다섯 살을 넘겼으니 오래지 않아 방울이 뒤를 따를 것이다. 인간보다 수명이 훨씬 짧은 개와 고양이를 반려라고 생각하면 너무 애닮다. 무슨 반려들이 이토록 자주, 먼저 떠나는가.

나에게 녀석들은 반려가 아니라 여행자에 가깝다. 새미와 이슬이도, 방울이와 깐돌이도 잠시 우리집에 왔다가 떠났거나 떠날 것이다. 긴 여행을 하다보면 짧은 구간들을 함께 하는 동행이 생긴다. 며칠 동안 함께 움직이다가 어떤 이는 먼저 떠나고, 어떤 이는 방향이 달라 다른 길로 간다. 때로는 내가 먼저 귀국하기도 한다. 그렇게 헤어져 영영 안 만나게 되는 이도 있다. 인간이든 동물이든 그렇게 모두 여행자라고 생각하면 떠나보내는 마음이 덜 괴롭다. 나름대로 최선을 다해 환대했다면, 그리고 그들로부터 신뢰를 받았다면 그것으로 충분하다.

꽤 오래전부터 여행에 대해 쓰고 싶었다. 여행은 나에게 무엇이었나, 무엇이었기에 그렇게 꾸준히 다녔던 것인가, 인간들은 왜 여행을 하는가, 같은 질문들을 스스로에게 던지고 답을 구하고 싶었다. 지나온 삶을 돌아보면, 그러니까 내가 들인 시간과 노력을 기준으로 보면, 나는 그 무엇보다 우선 작가였고, 그다음으로는 역시 여행자였다. 글쓰기와 여행을 가장 많이, 열심히 해왔기 때문이다. 글쓰기에 대해서는 쓸 기회가 많았지만 여행은 그렇지를 못했다. 가벼운 마음으로 시작했는데 쓰다보니 정말 많은 것들이 기억 깊은 곳에서 딸려 올라왔다.

'여행의 이유'를 캐다보니 삶과 글쓰기, 타자에 대한 생각들로 이어졌다. 여행이 내 인생이었고, 인생이 곧 여행이었다. 우리는 모두 여행자이며, 타인의 신뢰와 환대를 절실히 필요로 한다. 여행에서뿐 아니라 '지금, 여기'의 삶도 많은 이들의 도움 덕분에 굴러간다. 낯선 곳에 도착한 이들을 반기고, 그들이 와 있는 동안 편안하고 즐겁게 지내다 가도록 안내하는 것, 그것이 이 지구에 잠깐 머물다 떠나는 여행자들이 서로에게 해왔으며 앞으로도 계속될 일이다.

이 책에 도움을 준 고마운 이름들은 일일이 열거할 수 없다. 여행에서 내가 만난 모든 이들, 돈을 받았든 받지 않았든 간에, 재워주고 먹여주고 태워준 무수한 타인들이 아니었다면 이 책을 쓰지 못했을 것이다. 그래도 특별히 고마움을 전하고 싶은 이들은 있다. 바로 긴 여행길에서 나를 참아준 동행들이다. 가끔은 별것 아닌 일로 다투기도 하고, 날선 말로 감정을 다치기도 했지만, 그래도 함께 어딘가를 향해 걸어가고, 아름다운 풍경 앞에서 느낌을 공유하고, 맛있는 음식을 나누었던 이들, 이들이 없었더라면 여행은 그저 지루한 고역에 불과했을 것이다. 눈을 감으면 그들의 얼굴이 하나하나 떠오른다. 지구에서의 남은 여정이 모두 의미 있고 복되기를 기원해본다.

2019년 4월
김영하

여행의 이유

여행의 이유
ⓒ 김영하 2024

1판 1쇄 2024년 4월 17일
2판 1쇄 2024년 7월 30일
2판 3쇄 2025년 1월 20일

지은이 김영하

펴낸곳 복복서가(주)
출판등록 2019년 11월 12일 제2019-000101호
주소 03720 서울특별시 서대문구 연희로 28길 3
홈페이지 www.bokbokseoga.co.kr
전자우편 edit@bokbokseoga.com
마케팅 문의 031) 955-2689

ISBN 979-11-91114-59-1 03810